KB046138

모두가 사라질 때

정명섭 1973년 서울에서 태어났다. 대기업 샐러리맨을 거쳐 바리스타로 일했다. 파주출판도시의 카페에서 일하던 중 우연찮게 글을 접하면서 작가가 되었다. 역사와 추리를 좋아하며, 좀비와 종말을 사랑한다. 『폐쇄구역 서울』, 『별세계 사건부』, 『명탐정의 탄생』, 『미스 손탁』, 『유품정리사』, 『한성 프리메이슨』 등 다양한 작품을 썼으며, 여러 앤솔러지에 참여하기도 했다. 한국미스터리작가모임과 무단(무경계 작가단)에서 활동하고 있다.

조영주 만화가 딸내미, 글 쓰는 바리스타, 성공한 덕후 등 여러 별명으로 통하는 소설가. 중학교 시절 아버지의 만화 콘티를 컴퓨터로 옮기는 작업을 하며 자연스레 글 쓰는 법을 익혔다. 셜록 홈즈에 꽂혀 홈즈 이야기를 쓰다가 홈즈 패스티시 소설 『홈즈가 보낸 편지』로 제6회 디지털작가상을 타며 소설가로 데뷔했다. 제2회 김승옥문학상 신인상, 예스24 등 각종 공모전을 섭렵한 후, 『붉은 소파』로 제12회 세계문학상을 수상하면서 본업이었던 바리스타를 졸업하고 전업 소설가로 거듭났다. 그밖에 에세이 『좋아하는 게 너무 많아도 좋아』를 출간하는 한편, 채널예스에서 칼럼 〈조영주의 적당히 산다〉를 연재하고 있다.

신원섭 글 쓰는 엔지니어. 스릴러 장편소설 『짐승』을 출간했고, 영화화가 진행 중이다. 『카페 홈즈에 가면?』, 『어위크』, 『괴이, 도시』 등 다양한 앤솔러지에 작품을 실었다.

김선민 작가, 스토리디자이너. 장편소설 『파수꾼들』을 출간했다. 카카오페이지에서 웹소설 〈악역무쌍〉을 연재 중이다. 괴담, 호러 레이블 괴이학회를 운영하며, 다양한 소설 작품집을 창작, 제작한다. 스토리디자인 스튜디오 코어스토리도 운영하고 있다.

김동식 부산에서 어린 시절을 보내다가 주민등록증이 나왔을 때 대구로 독립해 나왔다. 2006년에 서울로 올라와 성수동의 주물 공장에서 10년 넘게 일했다. 2016년 5월부터 1년 반 동안 인터넷 커뮤니티에 올렸던 단편소설을 모아 『회색 인간』, 『세상에서 가장 약한 요괴』, 『13일의 김남우』를 출간했다. 지금까지 8권의 소설집을 출간했고, 카카오페이지에 〈살인자의 정석〉을 연재 중이다.

지구 종말
앤솔러지

모두가
사라질때

정명섭 × 조영주 × 신원섭 × 김선민 × 김동식

WHEN
EVERYONE
IS GONE

요다

차례

모두가
사라질 때

정명섭

1

평범한 날이었다. 오랫동안 도전하다가 겨우 경찰 채용 시험에 합격한 나는 늦깎이 순경이 되었고, 열정에 가득 찼다. 그래서 순찰 시간이 아직 남았지만 형광색 띠가 들어간 순찰용 점퍼를 입고 테이저 건과 수갑을 챙겨 1층 로비를 서성거렸다. 순찰 파트너인 방 순경은 매사에 느린 사람으로 출발 시간이 다 되었음에도 불구하고 민원 창구 앞의 TV에서 눈을 떼지 않았다. 재미있는 드라마라도 하는가 싶었지만 콧수염쟁이 백인이 안경을 코끝에 걸친 채 뭔가를 읽는 중이었다. 화면 아래쪽으로는 "NASA 중대 발표 중"이라는 자막이 흘러갔다. 그제야 며칠 전부터 미국항공우주국인 NASA가 중대 발표를 한다고 뉴스에서 떠들었던 게 기억났다. 방 순경이 망부석처럼 움직일 기미를 보이지 않자 나는 슬슬 짜증이 났다.

"선배, 순찰 시간입니다."

"잠깐만."

방 순경이 뒤도 돌아보지 않고 기다리라는 손짓을 했다. 옆에 선 내가 TV 화면을 보며 물었다.

"뭐, 외계인이라도 발견했답니까?"

"그랬으면 차라리 좋겠다."

넋이 나간 얼굴로 중얼거린 방 순경이 두 손으로 머리를 마구 헝클어버렸다. 머리카락 한 올을 목숨처럼 중요하게 여길 정도로 머리숱이 적었던 방 순경의 평소 모습을 떠올린 나는 궁금해졌다.

"대체 무슨 일인데요?"

"니가 봐, 인마."

퉁명스럽게 대꾸한 방 순경이 민원 창구 옆에 있던 휴게실로 들어가버렸다. 저 새끼가 왜 저래라고 생각하면서 TV 화면을 바라봤다.

"혜성이 지구와의 충돌 코스로 다가오고 있습니다. 따라서 약 1년 후에 지구와 혜성이 충돌할 예정이라는 안타까운 소식을 전 세계에 전해드립니다. 신이여, 지구를 지켜주소서."

뒤이어 군이 데프콘을 발령하고 계엄령을 내릴지 모른다는 방송 패널들의 추측이 오갔다. 늘 소란스럽던 경찰서 안도 고요했다. 조사를 하던 경찰이나 조사를 받는 피의자 모두 같은 얼굴로 TV를 보는 중이었다. 침묵을 깬 것은 한 발의 총성이었다. 별안간 울려 퍼진 총성에 다들 몸을 낮추고 주변을 두리번거렸다.

"어, 어디야?"

제일 자세를 낮춘 서장의 말에 다들 휴게실을 바라봤다. 서장이 어정쩡하게 서 있던 나에게 말했다.

"나 순경. 들어가봐."

"제, 제가요?"

못 하겠다는 말은 하지 못했지만 도망치고 싶은 심정이었다. 하지만 보는 눈이 있어서 차마 그럴 수 없었다. 후들거리는 다리로 겨우 몸을 일으켜서 휴게실 쪽으로 다가갔다. 벽에 몸을 바짝 붙인 채 문고리를 돌렸다. 잠겨 있기를 바랐지만 아주 쉽게 열려버렸다. 삐걱거리는 소리와 함께 문이 안쪽으로 열리자 왈칵 피비린내가 풍겼다. 얼마 전 살인 사건 현장에 갔을 때 맡았던 그 냄새였다. 몸서리를 친 나의 눈에 휴게실 안 풍경이 보였다. 머리 위쪽이 반쯤 날아간 방 순경이 휴게실 한가운데 뻗어 있었다. 한 손에는 경찰용 38구경 리볼버 권총을 쥐고 있었고, 다른 한 손에는 스마트폰을 들고 있었다. 아마 가족과 통화를 마친 뒤 머리에 권총을 대고 방아쇠를 당긴 것 같았다. 손에서 반쯤 빠져나간 스마트폰은 피와 거품으로 뒤덮였다. 부서진 머리 위쪽으로는 피에 젖은 뇌수가 천천히 흘러내렸다.

"서, 선배!"

누구보다 낙천적이고 느긋했던 방 순경이 가장 먼저 극단적인 선택을 했다는 사실에 충격을 받았다. 그의 죽음은 악몽의 신호탄이었다. 보도 후, 약 2주일 동안 수많은 사람들이 극단적인 선택을 했다. 방 순경처럼 스스로 목숨을 끊는 것은 물론, 사람을 죽이는 기분을 느껴보겠다며 차를 몰고 인도로 돌진하는 미친놈이 속출했다. 아파트 주민들의 갑질에 시달리던 경비원이 입구를 막고 불을 질러서 아파트 한 동 전체를 화장터로 만들어버리기도 했다. 정부에서는 계엄령을 내리려고 했지만 탄환을 지급받은 병사들이 평소 사이가 나빴던 부사관과 장교 들을 쏴버리는 프래깅이 연달아 터지자 결국 취소되고 말았다. 큰 문제는 평범했던 사람들이 이 기회에 평소 하고 싶었던 일을 저질렀다는 것이다. 성실한 직장인이자 가장이었던 40대 남성이 층간 소음 문제로 갈등을 빚던 위층 사람들을 무참하게 죽이는 식의 사건이 연달아 터졌다. 세상이 미쳐 돌아가는 가운데 유일하게 힘이 된 것은 가족들이었다. 내가 틈나는 대로 전화해서 문단속 잘하라고 할 때마다 아버지는 특유의 괄괄한 목소리로 대답했다.

"걱정 마라. 가족들은 내가 지키고 있으마."

2주일 동안 하루에 세 시간 정도밖에 눈을 붙이지 못했다. 죽음의 광기로 가득 찬 나날들은 대통령이 범죄자들을 현장에서 즉결 처형한다는 특별 명령에 서명하고 경찰들에게 군용 총기가 지급된 다음에야 잠잠해졌다. 마지막은 시청을 점령한 폭도들을 소탕하는 것이었다. 대치는 일주일 동안 이어졌고, 경찰 특공대의 진입으로 마무리되었다. 그 와중에 늘 뒤로 빠지던 서장이 악에 받쳐서 소리를 지르다가 폭도가 쏜 총에 맞았다. 한쪽 눈이 사라졌는데 머리 뒤쪽으로 피에 젖은 뇌수들이 튀어나왔다. 그 광경을 눈앞에서 봤지만 무섭지도 슬프지도 않았다. 죽음이라면 이골이 났다. 지칠 대로 지친 나를 본 신임 서장이 어깨를 토닥거렸다.

"수고했어. 집에 못 들어간 지 며칠이나 됐어?"

"2주일쯤입니다."

신임 서장이 선심 쓰듯 말했다.

"집에 갔다가 내일 아침에 출근하게."

"정말 가도 됩니까?"

"어차피 한두 명 더 있다고 일이 빨리 처리되는 건 아니니까."

그렇게 나는 2주일 만에 집에 돌아가게 되었다. 거리는 부서지고 불탄 차와 시신 들로 가득했다. 즉결 처형당한 범죄자들은 죄목이 적힌 종이가 붙은 채 길거리에 버려졌다. 살아 있는 사람들도 술이나 약물에 취해 있기 일쑤여서 멀쩡해 보이는 사람이 드물었다. 넥타이를 풀어 헤친 30대 중반의 샐러리맨이 길거리에 주저앉아 위스키를 병째 마시면서 연신 침을 뱉었다. 나는 그의 곁을 지나 비틀거리며 집으로 향했다. 집에 가서 따뜻한 물로 샤워를 하고 푹신한 침대에서 한숨 푹 자고 싶은 생각뿐이었다. 집으로 가는 오르막길에 도달하자 지친 다리로 뛰기 시작했다. 한시라도 빨리 집에 가서 가족들과 만나고 싶었다.

가족이 있는 다세대 빌라는 유리창 하나 깨지지 않고 멀쩡했다. 천만다행이라는 생각에 안도의 한숨을 쉰 나는 비밀번호를 누르고 빌라 안으로 들어갔다. 그리고 계단을 올라가서 현관의 비밀번호를 누르고 집 안으로 들어갔다. 그 순간 서늘한 죽음의 냄새를 맡았다. 아버지는 거실 소파에 앉은 채 죽어 있었다. 눈을 감고 고개를 뒤로 젖혔는데 입에서는 피와 거품이 흘러내려서 아기는 푸른색 셔츠를 더럽혔다. 소파 옆에 있던 화분들은 넘어지거나 깨져서 담겨 있던 꽃과 흙 들이 바닥을 어지럽혔다. 어머니는 안방 침대에 옆으로 누워 있었다. 소처럼 잔다고 놀리던 그 자세였는데 반대쪽으로 돌아가자 역시 입에서 쏟아낸 피와 구토물이 침대 시트에 묻어 있었다. 침대 맞은편 벽에 있는 화장대의 거울에는 립스틱으로 적은 글씨가 보였다.

[모두가 사라질 때]

누구보다 강인했던 가족들의 죽음이 믿겨지지 않았다. 머리가 멍해졌다. 그러다가 눈물이 쏟아져 나오려고 해 억지로 참았다. 여동생은 자기 방에 있었다. 헤드폰을 쓴 채 컴퓨터에 머리를 박은 모습이었는데 축 늘어진 손끝을 따라 흐른 피가 바닥에 말라붙어 있었다. 온갖 죽음을 뚫고 집에 돌아왔지만 자살한 가족들의 죽음과 마주치고 말았다. 혹시나 누군가가 침입해서 저지른 짓이 아닐까 했지만 문은 완벽하게 닫혀 있었고, 싸우거나 집을 뒤진 흔적은 보이지 않았다. 충격에 정신이 나가 있던 내 귓가에 바스락거리는 소리가 들렸다. 퍼뜩 정신을 차린 나는 주위를 두리번거렸다.

"누, 누구야?"

소리가 들린 곳은 아버지가 구관조를 키우는 베란다 쪽이었다. 미닫이 유리문을 열고 들여다봤지만 아무것도 없었다. 구관조가 지저귀는 소리만 들렸다.

"잘못 들었나?"

돌아서려다 베란다의 바깥쪽 창문이 열려 있는 것을 확인했다. 바닥에 흙이 묻은 발자국이 찍혀 있는 게 보였다. 그 발자국을 훼손하지 않으려 옆벽으로 붙어서 열려 있는 창문을 통해 바깥을 내다봤다. 골목에는 아무도 없었지만 서둘러 뛰어가는 발자국 소리를 희미하게나마 들을 수 있었다. 나가서 쫓아갈까 생각해봤지만 지치고 충격을 받은 몸에서 경련이 일어나 포기하고 말았다. 베란다의 난간을 잡고 경련을 견뎌내던 나는 흙 묻은 발자국의 형태가 이상한 걸 눈치챘다. 한쪽 무릎을 꿇고 발자국을 살펴보면서 경찰학교에서 배운 내용을 떠올렸다.

"절름발이군."

물끄러미 발자국을 들여다보던 나는 구관조가 우는 소리에 고개를 들었다. 비로소 가족이 모두 죽었다는 사실을 깨닫고는 선 채로 흐느껴 울었다.

2

술에 취해 잠들어 있던 나는 시끄럽게 문을 두드리는 소리에 눈을 떴다. 습관적으로 술병을 찾았지만 어제부터 마셨던 데킬라 병은 비어 있었다. 책상 아래쪽으로 손을 뻗어 봤지만 진즉에 비어버린 술병뿐이었다. 그사이에도 문을 두드리는 소리는 계속 이어졌다. 결국 참다못한 나는 서랍에 넣어둔 경찰용 38구경 리볼버를 움켜쥐고 문 쪽으로 다가가서 소리쳤다.

"사람 없으니까 꺼져."

"그럼 지금 말하는 건 뭔데요?"

경쾌하면서도 껄렁거리는 것 같은 여성의 목소리에 짤막하게 대답했다.

"자동 응답기야."

"주인을 닮아서 그런지 성깔 더러운 목소리네요. 여기가 나태주 탐정 사무실 맞나요?"

"문 옆에 현판 붙어 있잖아."

한 달 전, 현판을 붙여준 간판 아저씨는 집으로 돌아가서 자살했다. 며칠 전에 자살한 가족들을 따라간 것이다. 잠시 후, 다시 문밖의 목소리가 들렸다.

"의뢰할 게 있어서 왔어요."

"이 건물에만 탐정이 스물이 넘어. 한두 번 대주면 시키는 일은 다 할 테니까 걔들한테 가봐."

"말이 너무 거치네요."

"태어날 때부터 그런 걸 어쩌라고! 나 권총 가지고 있으니까 고만 찝쩍거리고 꺼져. 안 그러면 쏴버린다."

"모두가 사라질 때예요."

그 얘기를 듣는 순간 나는 그대로 굳어져버렸다. 가족들의 충격적인 죽음을 목격한 이후 경찰을 그만뒀다. 정확하게는 가족의 죽음을 파헤치려다 주변의 차가운 반응에 그대로 때려치운 것이다. 지문 감식을 요청해달라는 말에 신임 서장은 코웃음을 쳤다.

"범인은 잡아서 뭐 하게? 어차피 1년 좀 지나면 다 같이 뒈질 건데."

그 얘기를 듣고는 곧장 경찰서를 나와버렸다. 그 이후 가끔 죽은 가족들이 일어나서 나를 향해 한목소리로 모두가 사라질 때라고 외치는 악몽을 꿨다. 가까스로 정신을 차린 내가 문밖을 향해 물었다.

"방금 뭐라고 했어?"

"문 열어주면 얘기해드릴게요."

그녀는 자신의 이름을 안유정이라고 소개했다. 20대

중반 정도로 보이는 그녀는 청바지와 분홍색 티셔츠 차림에 짧은 단발머리를 해서 활동적으로 보였다. 내 책상 겸 술상을 본 안유정이 눈살을 찌푸렸다.

"이렇게 마시다가는 종말이 오기 전에 간이 망가져서 죽고 말겠어요."

"그것도 나쁘지 않겠네. 앉든지, 서 있든지 마음대로 하고 그 얘기부터 해봐."

사무실 안을 살펴본 그녀가 창가에 있는 의자에 가서 앉았다. 그리고 뒷주머니에서 꺼낸 담배에 불을 붙였다. 종말이 예고된 이후 담배 판매량이 폭등했다. 금연을 선언했던 사람들이 다시 담배를 피우기 시작한 것이다. 실내 금연은 깡그리 무시당했고, 뭐라고 하는 사람도 없었다. 그녀가 맛깔나게 담배를 피우는 모습을 보던 나는 책상으로 가서 권총을 서랍에 넣고 담배를 꺼냈다. 그리고 책상에 기댄 채 안유정을 바라보면서 담배를 피웠다. 담배 연기를 길게 내뿜은 그녀가 입을 열었다.

"어제저녁이었어요. 방에 있는데 갑자기 쿵 하는 소리가 들려서 나가봤더니 아버지랑 어머니가 침대 아래로 굴러 떨어지셨더라고요. 그래서 괜찮느냐고 물어보려고 하는데 아버지랑 어머니 입에서…."

"피와 거품이 같이 흘러나왔지?"

"네? 맞아요. 그걸 어떻게 아셨죠?"

놀란 그녀에게 물었다.

"모두가 사라질 때라는 글씨는 아마 립스틱으로 거울이나 벽에 적혀 있었을 거고."

"달력이었어요. 역시! 명탐정이라고 하더니 맞았네요."

나는 안유정의 희망찬 목소리를 듣고 혀를 찼다.

"내 가족이 그렇게 죽었으니까, 그 후 비슷한 사례를 여덟 번 정도 확인했어. 이제 아홉 번째군. 부모들은 어땠어?"

"그게, 자살을 할 사람 같았느냐는 말씀이신가요?"

그녀의 물음에 나는 고개를 끄덕거렸다. 광란과 살육의 시간이 지난 후, 침묵과 반성이 이어졌다. 범죄자들에 대한 즉결 처형이 이어지고, 폭도들이 모두 진압당하면서 사람들이 진정한 것이다. 미디어에서 지속적으로 품위 있는 죽음과 마지막까지 질서를 유지해야 한다는 메시지를 내보낸 것도 진정된 이유 중 하나였다. 불타고 부서진 거리는 깔끔하게 치워졌고, 시신들은 서둘러 화장되었다. 프로 야구를 비롯한 스포츠 경기들이 정상적으로 진행되면서 표면적으로 안정이 찾아왔다. 부자들이 돈을 모아서 지구 밖으로 나가는 우주선을 만든다는 소문이 돌았다. 정부는 공식적으로 그런 계획은 없다고 부인했지만 다들 부자들은 뭔가 준비하고 있을 거라고 믿었다.

반면에 안락사가 허용되면서 조용히 사라지는 사람들도 늘어났다. 내가 입주한 건물의 주인 부부도 지난주에 작별 인사를 하고 안락사를 했다. 건물을 물려받은 아들 역시 조만간 안락사를 신청할 예정이라면서 통 크게 관리비를 모두 면제해줬다. 두세 달 후에는 건물의 주인이 사라져버리는 것이다. 내가 생각에 잠겨 있는 동안 머뭇거리던 안유정이 입을 열었다.

　　"두 분 다 교사셨어요. 평생 큰소리 한번 안 내고 조용히 지내셨죠. 얼마 전에 큰아버지가 안락사를 하시고 재산을 모두 물려받았지만 펑펑 쓰지 않으셨고요."

　　"보통 목돈이 생기면 해외여행부터 가잖아. 어차피 몇 달 후면 아무 소용이 없으니까."

　　"그래서 저도 두 분에게 해외여행을 권했는데 자원봉사로 가는 학교 때문에 안 된다고 하셨어요."

　　"아까 질문에는 대답 안 했어."

　　"아! 제가 권유하긴 했는데 두 분 다 독실한 가톨릭이라서 자살은 꿈도 안 꾸셨어요."

　　"그런데 모두가 사라질 때라는 글을 적고 자살을 했으니까 이상하게 생각한 거야?"

　　"네."

　　그녀는 다 피운 담배꽁초를 바닥에 비벼 끄고는 창밖

으로 던졌다. 나는 대답을 기다리는 안유정에게 말했다.

"미안한데 가톨릭이라고 자살을 안 하는 건 아니야. 교황도 지난달에 자살했잖아."

"자살이 아니라 쇼크사였다고 하던데요?"

"그거나 저거나, 겉으로는 멀쩡하지만 미쳐 돌아가는 세상이라 가톨릭을 믿는다고 자살을 안 하리란 법은 없어."

"그렇긴 한데 마음에 걸리는 게 있어서요."

"어떤 게?"

"요 근래 자꾸 이상한 소리를 하셨어요. 하늘에 미리 가는 것도 나쁘지 않다고 말이죠. 그리고 저한테도 같이 가자고 해서 싫다고 했어요."

"왜?"

"그동안 못 갔던 클럽들을 섭렵 중이거든요. 다음 주랑 다다음 주에 갈 클럽들이 있었어요."

"딸은 클럽에서 놀 수 있게 하고, 부모들만 먼저 갔을 수도 있잖아."

내 얘기를 들은 안유정이 이맛살을 찌푸렸다.

"저도 그렇게 생각하려고 했어요. 외동딸이라고 엄청 신경 써주셨거든요. 그런데 부모님 방을 정리하다가 이상한 걸 봤어요."

그녀가 뒷주머니에서 꺼낸 것은 검정색 바탕을 한 작은

책이었다.

"성경인가?"

"페이지 넘겨보세요."

안유정의 말대로 아무것도 없는 책의 표지를 넘기자 글씨가 보였다.

"환생교? 최근에 생겨난 사이비 같은데?"

"요즘 그런 게 엄청 생기긴 하잖아요. 환생교를 믿으면 새로운 행성에서 다시 환생한다고 하더라고요."

"심플하네."

종말을 인정한 사람들이 간 곳은 교회와 성당, 사찰 같은 종교 시설이었다. 그러고 경건한 마음으로 나서서 사창가로 향했다. 사람들은 참회와 욕정 속에서 종말을 잊으려고 했다. 그 와중에 듣도 보도 못한 신흥 종교들이 우후죽순처럼 생겨났다. 심지어 지구와 충돌하러 오는 혜성을 숭배하는 종교도 있었다. 나는 천천히 페이지를 넘겼다.

"이상한 내용은 없군."

"교단 본부라는 곳을 찾아가봤는데 멀쩡하긴 했어요. 그런데 더 이상한 건…."

주저하던 그녀가 새 담배를 꺼내면서 입을 열었다.

"부모님이 들었던 생명보험의 수령자가 제가 아니라 환생교로 되어 있었다는 거예요."

"어차피 자살이라 안 나오잖아?"

"부모님이 든 건 안락사 보험이었어요. 어떤 형태로든 죽으면 보험금이 나오게 되어 있어요."

"환생교 쪽에서는 뭐라고 하는데?"

"제가 찾아가니까 부모님이랑 면담한 영상을 틀어줬어요. 부모님이 자발적으로 찾아와서 스스로 결정한 것이라고 하더라고요."

"그럼 별문제 없는 거 아니야?"

"저도 그렇게 생각하고 잊어버리려고 했어요. 그런데 클럽에 가서 아무리 춤을 추고 놀아도 즐겁지가 않더라고요. 내가 부모님을 많이 사랑했다는 걸 뒤늦게 깨달은 거죠. 그래서 일단 조사를 해보기로 했어요. 마음의 짐을 가지고 부모님을 만나고 싶지는 않으니까요. 그래서 수소문하다가 아저씨 얘기를 듣고 온 거예요."

"난 그냥 심심해서 탐정 간판을 걸어놓은 거라고. 제대로 해결한 사건도 없고, 그럴 생각도 없어."

한차례 폭풍이 지나간 후 경찰만으로 치안을 유지하는 데 애를 먹은 정부에서는 그동안 미뤄왔던 민간 조사업에 대한 허가를 내줬다. 전직 경찰을 중심으로 허가를 받은 수만 명의 탐정들은 경찰처럼 체포권을 가지고 있었고, 무기 소지 허가도 받았다. 가족들의 죽음 이후 조사를 하려다가 좌절하고 폐인처럼 지내던 나에게 신임 서장이 찾아와서 탐정을 하라고 권유했다. 별생각이 없던 나는 승낙을 했는데 나중에 알고 보니 서장들에게 할당이 내려와서 그런 것이었다. 나의 얘기를 들은 안유정의 눈빛이 반짝거렸다.

"범인들을 모두 죽였다는 얘기를 들었어요."

"귀찮은 건 질색이라."

"제 부모님을 죽인 사람을 찾아서 똑같이 갚아주세요."

"환생교 교주?"

"그 사람은 이미 죽었어요. 신자들 말로는 프록시마에 있는 어느 행성에서 환생해서 지내고 있다고 하던데요."

딱히 내키지는 않았지만 술이 떨어져서 사러 나가야 했고, 무엇보다 거절한다고 안유정이 순순히 돌아갈 것 같지도 않았다. 팔짱을 낀 채 적당히 고민하는 척하다가 고개를 끄덕거렸다.

"조사해볼게."

"고맙습니다. 의뢰비는 얼마예요?"

"알아서 챙겨줘. 어차피 월세 받을 사람도 없으니까."

"그럼 알아서 챙겨드릴게요."

내가 새로 담배를 꺼내서 피우자 머뭇거리던 그녀가 밖으로 나갔다.

3

의뢰를 받아들인 나는 일단 자살한 환생교 신도들의 가족과 접촉했다. 환생교 쪽에서 돈을 노리고 살인을 하고 자살로 위장한 것이 아닐까 의심스러웠다. 하지만 만나본 환생교 신도 가족들의 말은 하나같이 똑같았다. 카페에서 만난 이환도 역시 마찬가지였다.

"부모님은 자발적으로 기부하신 겁니다."

기대했던 것과 다른 얘기들이 나오자 안유정의 표정이 굳어졌다. 나는 예상했다는 표정으로 물었다.

"부모님들이 환생교에 관해서 어떤 얘기를 하신 적은 없습니까?"

"전혀요. 나중에 가서 물어보니까 환생교를 믿는다는 것을 비밀로 해야 한다는 규칙이 있었답니다."

"왜요?"

"아무래도 신흥 종교이다 보니까 기존 종교 단체에서 시비를 걸어서 그랬다고 하더라고요. 아무튼 부모님은 자살하기 하루 전에 저에게 이메일로 그 사실들을 알려주셨어요. 재산을 안 물려주신 게 서운하긴 했지만 뭐 어쩌겠어요. 몇 달만 지나면 아무 소용이 없는데."

이환도가 착잡한 표정으로 아이스커피를 마셨다. 더 할

말이 없다는 표정을 읽은 나는 시간을 내줘서 고맙다는 말을 하고 일어났다. 나를 따라 밖으로 나온 안유정이 신경질적으로 머리를 쓸어 넘겼다.

"비밀로 한다는 걸 빼고는 이상한 점이 없네요."

"멀쩡한 신흥 종교라니, 안 어울려."

"본부는 언제 찾아갈 거예요?"

"연락을 좀 기다려보고."

"무슨 연락요?"

그때 스마트폰에서 문자가 도착했다는 알림음이 들렸다. 내가 바지 주머니에서 스마트폰을 꺼내는 동안 안유정은 담배를 물고 불을 붙였다. 문자 내용을 읽은 내가 중얼거렸다.

"그럴 줄 알았어."

"뭐가요?"

"우리가 엊그제 만난 신용기 씨랑 그 전날 만난 김기섭 씨가 모두 죽었어."

"네?"

"경찰에서 시신을 확인했어. 모두 자살이라는군."

"금방 자살할 사람들처럼 보이지는 않았는데요. 뭔가 흑막이 있는 거 아니에요?"

"그래봤자 무슨 소용이야. 어차피 몇 달 후면 다 끝나는데.”

어깨를 으쓱거린 나의 말에 안유정이 신경질적으로 대꾸했다.

“그래도 이상한 건 이상한 거잖아요. 많은 사람들이 죽음을 선택하고 있어요. 안 죽어야 할 사람이 죽는 게 정상은 아니라고요.”

“어쨌든 겉으로 보기에는 이상한 게 없어. 부모님은 자살했고, 신봉하던 종교 단체에 재산을 기부한 것뿐이라고.”

“우리 부모님은 자살할 사람들이 아니라고 했잖아요. 씨발!”

그녀가 악을 쓰자 지나가던 사람들이 바라봤다. 나는 담배를 피워 문 채 눈물을 글썽거리는 안유정에게 말했다.

“받아들일 건 받아들이라고. 환생교 쪽에서 당신 부모를 죽일 이유는 없어.”

내 얘기를 들은 안유정은 말없이 담배를 몇 모금 피우고는 대답했다.

“마지막으로 환생교 본부나 한번 조사해줘요.”

“그러지.”

환생교 본부는 예전에 할인마트였다. 여전히 남아 있는 할인마트의 상호 위로 환생교라는 큰 글씨의 네온사인이 반짝거리는 중이었다. 본부 벽에는 환생할 수 있다는 내용의 글귀가 적힌 현수막이 어지럽게 드리워져 있었다. 화단과 충돌 방지 봉이 있는 출입문에는 무장한 경비원이 서 있었지만 딱히 제지를 하지는 않았다. 의류점과 푸드코트가 있던 1층은 강당처럼 터놓고 예배당으로 사용했다. 1, 2층만 사용하고 다른 구역은 모두 폐쇄한 상태였는데 벽에도 현수막이 빼곡하게 붙어 있었다. 우리가 들어갔을 때에도 백여 명은 될 법한 환생교 신도들이 예배를 보는 중이었는데 커다란 빔 프로젝터로 환생교 교주의 얘기를 반복해서 듣는 중이었다. 나와 안유정이 들어가서 두리번거리자 검정색 후드를 입은 남자가 다가왔다. 평온한 표정의 그는 안유정과 안면이 있는지 눈인사를 나누고는 나를 바라봤다.

"환생하십시오. 어떻게 오셨습니까?"

나는 주머니에서 꺼낸 탐정 면허증을 보여줬다.

"나태주 탐정입니다. 환생교와 관련해 조사할 게 좀 있어서 찾아왔습니다."

"안유정 님의 부모님에 관한 얘기인가요?"

"겸사겸사입니다, 비슷한 게 몇 건 더 있더군요."

"2층에 면담실이 있는데 그곳으로 가시죠. 따라오십시오."

남자는 에스컬레이터를 타고 2층으로 올라갔다. 화장실 옆에 있는 수선실로 우리를 이끌었다. 안쪽 책상 앞 의자에 앉은 그가 깍지를 낀 채 나를 바라봤다.

"제 소개를 안 했군요. 저는 환생교의 상담실장 오인혁이라고 합니다. 뭐가 궁금하십니까?"

"최근 신자들이 자살을 하면서 환생교 측에 재산을 헌납하는 사례들이 많아졌더군요."

"아! 안 그래도 그 문제로 많은 가족분들이 찾아오십니다. 같이 오신 안유정 씨도 그 문제로 오신 적이 있었죠. 충분히 설명을 드렸다고 생각했는데 미흡했나 보군요. 제 불찰로 두 번 발걸음을 하게 해서 죄송합니다."

"여기 교리 중에 혹시 자살하고 재산을 헌납하라는 게 있습니까?"

내 물음에 오인혁은 고개를 저었다.

"우린 최근 생겨난 사이비 종교들과는 다릅니다. 환생하는 데 재산은 필요 없다고 교주님께서 못을 박으셨고, 최소한의 운영비를 제외하고는 일체의 기부나 헌금은 받지 않습니다. 다만 안유정 씨의 부모님처럼 환생을 하시면서 기부를 하시는 경우에는 돌려드릴 사람이 없어서 일단 보관 중이기는 합니다."

"보관이라니요? 당연히 돌려줘야죠!"

가만히 듣고 있던 안유정이 앙칼진 목소리로 말하자 오인혁은 고개를 저었다.

"법적으로 곤란하다고 말씀드린 걸로 기억합니다만. 돌려주려면 당사자의 의중을 확인해야 하는데 환생하신 분들이라 증명할 방법이 없습니다. 어차피 우리는 환생을 한다는 믿음으로 여기에 모였습니다. 새로운 세상에서 돈 같은 건 필요 없다는 게 우리 환생교의 확고한 믿음입니다."

안유정에게 진정하라는 손짓을 하고는 여전히 평온한 표정을 짓고 있는 오인혁에게 물었다.

"환생교는 지금 누가 교주입니까? 원래 교주님은 프록시마로 가셨다고 들었는데요."

"우리는 모두 평등하다고 교주님께서 말씀하셨습니다. 기존 종교처럼 신도들 위에 누군가 군림하지는 않습니다. 다만 몇 명이 책무를 맡아서 일을 하고 있을 뿐이죠."

"누구누굽니까?"

"상담실장은 저를 포함해서 모두 다섯 명입니다만 알려드릴 수는 없습니다."

"왜요?"

"다들 조용히 환생을 기다리고 있어서 최대한 외부와의 접촉을 차단하고 있습니다. 다만 찾아오는 분들이 많아서 제가 응대를 하고 있습니다."

"그럼 신도들은 누가 관리하고 설교합니까?"

"1층에서 보신 대로 환생하신 교주님이 미리 남겨놓은 영상을 통해서 믿음을 쌓아가고 있습니다. 우리는 찾아오는 모든 사람들을 환영하고 떠나는 사람들을 붙잡지 않습니다. 그래서 사실 신도가 누구인지 파악하기도 어렵습니다."

"원하지는 않았지만 돈이 들어오는 셈이군요."

나의 물음에 오인혁은 한숨을 쉬었다.

"그래서 이런 상황이 아주 곤란합니다. 어쨌든 하루빨리 환생하기만을 바랄 뿐입니다."

그 후로도 몇 가지 공격적인 질문을 던졌지만 오인혁은 미소를 머금은 얼굴로 차분하게 응대했다. 결국 두 손을 든 나는 고맙다는 인사를 남기고 자리에서 일어났다. 1층에는 여전히 먼저 떠나간 교주의 생전 모습을 보면서 기도하는 사람들로 가득했다. 밖으로 나오자 자동소총을 든 경비가 무심한 눈으로 나를 바라봤다. 택시를 타기 위해 걸어가는 내 뒤에서 안유정이 큰소리를 쳤다.

"씨발! 똑바로 안 해?"

고개를 돌린 나는 담배를 입에 문 그녀에게 말했다.

"이상한 건 없어. 네 부모님은 그냥 자살한 거야."

"아니야! 아니라고! 우리 부모님은 절대 그럴 사람들

모두가 사라질 때

이 아니야!"

나는 담배를 쥔 손을 부들부들 떨면서 외치는 안유정에게 어깨를 으쓱거리며 대답했다.

"어쨌든 난 할 만큼 했으니까, 이제 알아서 해."

"야!"

그녀가 손에 쥔 담배를 던졌다. 가슴팍에 맞은 담배가 불꽃 회오리를 남겨놓고 바닥으로 떨어졌다. 가슴에 묻은 재를 탁탁 털어낸 내가 말했다.

"이걸로 퉁치면 되겠군. 잘 있어."

돌아서서 몇 발자국 걷는데 뒤에서 그녀가 와락 안아 왔다. 그러고는 떨리는 목소리로 말했다.

"날 버리지 말아요!"

"널 주은 적 없어."

"외로워서 그래요. 외로워서."

어느새 그녀의 목소리가 촉촉해졌다. 나는 고개를 들어서 하늘을 봤다. 전깃줄이 엉켜 있는 건물 지붕 너머에 새파란 하늘이 보였다. 너무나 아름다운 그 하늘 저편에서는 지구와 지구인들을 없애버릴 파멸의 여신인 혜성이 다가오는 중이었다. 뒤에서 나를 끌어안은 안유정은 날 버리지 말라며 흐느끼고 있었다.

4

그날 이후 짐을 챙겨서 집으로 들어온 안유정은 자연스럽게 작은 방을 차지했다. 나는 심심할 때마다 방으로 들어가서 그녀와 몸을 섞었다. 안유정은 들뜬 신음소리를 내는 와중에도 자기를 버리지 말라고 되뇌었다.

얼마 후, 우리가 며칠 전에 만난 이환도 씨가 자살했다는 소식을 듣고 현장에 나간 사이에 그녀가 감쪽같이 사라졌다. 문은 쇠지레로 부서져 있었고, 그녀가 반항한 흔적이 여기저기 남아 있었다. 그녀가 쓰던 침대 역시 시트가 잔뜩 구겨져 있었고, 여기저기에 정액이 묻어 있는 걸로 봐서 어떤 일을 겪었는지 대충 짐작이 갔다. 나는 곧장 현관을 비추는 CCTV를 확인했다. 내가 나가고 한 시간쯤 후 그들이 나타났다. 쇠지레로 문을 부수고 들어온 것은 검정색 후드를 입고 복면을 쓴 네 명의 남자들이었다. 현관을 지나 안으로 우르르 들어간 남자들은 약 한 시간 반 후에 축 늘어진 안유정을 들쳐 메고 사라졌다. 마지막으로 나가던 남자가 걸음을 멈추고 CCTV를 올려다봤다. 그리고 손으로 전화를 받으라는 시늉을 하고는 한쪽 발을 질질 끌면서 밖으로 사라졌다.

'절름발이!'

몇 달 전 가족들이 죽은 빌라의 베란다에 남은 발자국이 떠올랐다. 그때는 오른발이었고, CCTV 속의 남자도 오른발이었다. 알 수 없는 긴장감에 온몸이 훅 달아올랐다. 그 남자가 시킨 대로 스마트폰을 보자 10분 전에 온 문자 메시지가 있었다.

[그녀를 살리고 싶으면 환생교 본부로 와라.]

경찰에 신고하면 어쩌고 하는 상투적인 협박 문구는 없었다. 하지만 경찰에 도움 따위를 요청할 생각도 없었다. 나는 곧장 서랍을 열고 반납하지 않은 경찰용 38구경 리볼버와 전기 충격기, 손잡이 안에 날이 접혀 들어가는 폴딩 나이프를 챙겼다. 아래층으로 내려가서 오토바이에 올라타 GPS 수신기로 위치를 확인한 다음 헬멧을 쓰고 시동을 걸었다. 그녀는 환생교 본부가 아닌 엉뚱한 곳에 있었다.

GPS 수신기에 잡힌 곳은 서울의 북쪽 끝 우암산 중턱에 있는 오성교회였다. 교회로 향하는 오르막길 주변의 주택가들은 불타고 부서진 흔적들이 그대로 남았다. 광란의 일주일 동안 가장 많이 죽고 즉결 처형당한 사람들은 빈민층이었다. 자포자기에 빠진 그들은 범죄와 폭동에 가담했다가 죽거나 반대로 피해자가 되었다. 부자들은 높은 담장과 총기 소지를 허가받은 무장 경호원들에 둘러싸여 안전하게 지냈다. 상처 입은 도시의 끝자락에 GPS가 가리킨 오성교회가 있었다.

벽돌 담장에 둘러싸인 교회는 예상보다 컸는데 뾰족한 첨탑과 스테인드글라스를 어설프게 흉내 낸 창문이 달려 있었다. 굉장히 낡았지만 담장에는 CCTV들이 여러 대 있어서 주변을 감시할 수 있었다. 교회 앞에 오토바이를 세우고 헬멧을 벗어서 핸들에 걸어놓은 다음 주변을 살폈다. 쓰레기가 굴러다녔지만 인기척은 느껴지지 않았다. 경찰용 38구경 리볼버와 전기 충격기를 양손에 들고 교회로 향했다. 천천히 한 바퀴 돌면서 살폈는데 창문 안쪽에 커튼을 쳐서 안을 볼 수 없었다. 곳곳에 있는 CCTV들이 붉은빛을 껌벅거리면서 나를 바라봤다. 입구는 첨탑 아래 있었는데 굳게 닫혀 있었다. 권총을 든 손으로 천천히 밀어보니까 삐걱거리는 소리와 함께 열렸다. 안쪽에는 검정색 여닫이문이 하나 더 있었는데 역시 손으로 밀자 쉽게 열렸다. 교회 안은 온통 어둠뿐이었다. 창문은 커튼으로 가려놨고, 불을 켜지 않은 탓이다. 그제야 랜턴을 챙겨 오지 않은 것이 생각났다. 잠시 주저

했지만 다시 돌아가기에는 너무 늦었다.

　조심스럽게 첫발을 내디디는 순간 어둠이 내 배를 후려쳤다. 몸이 앞으로 꺾이면서 권총과 전기 충격기를 놓치고 말았다. 정신을 차리기도 전에 목덜미에 두 번째 충격이 이어졌다. 그대로 바닥에 쓰러진 나는 주변을 두리번거렸지만 아무것도 보이지 않았다. 그사이 날카로운 바람 소리 같은 것이 났고, 본능적으로 왼팔을 들어 올렸다. 딱 하는 소리와 함께 팔뚝에 엄청난 아픔이 느껴졌다. 공격을 피하기 위해 긴 의자 아래로 파고들었다. 그리고 철조망 아래를 통과하듯이 의자 아래를 지나 안쪽으로 들어갔다. 몇 차례 바람 소리와 함께 퉁탕거리는 소리가 났지만 의자 때문에 제대로 맞지는 않았다. 예배단 근처까지 기어가면서 어둠에 눈이 익숙해졌다. 제일 앞에 있는 의자를 빠져나온 나는 벌떡 일어나서 의자를 밀어버렸다. 삐걱거리는 소리가 메아리치는 가운데 짧은 비명과 함께 넘어지는 소리가 들렸다. 의자를 밟으며 나를 쫓아오다가 밀쳐낸 의자와 함께 넘어진 것이다. 그렇게 생긴 잠깐의 틈을 이용해서 창가 쪽으로 달려갔다. 중간에 뭔가에 걸려서 한 번 넘어지긴 했지만 가까스로 창가로 간 나는 있는 힘껏 커튼을 잡아 뜯었다. 그러자 바로 뒤쪽에서 비명이 들렸다. 검정색 후드에 야시경을 쓴 남자가 갑작스럽게 빛과 마주치자 손으로 눈을 가린 채 고통스러워하고 있었다. 손에는 우리 집 문을 부순 것과 같은 쇠지레가 들려 있었다. 권총과 전기 충격기는 잃어버렸지만 뒷주머니의 폴딩 나이프는 그대로 있었다. 주머니에서 꺼낸 폴딩 나이프로 그놈의 옆구리를 찔러서 등 뒤쪽까지 그었다. 드득거리며 살이 찢기는 소리와 함께 피와 내장이 우수수 쏟아졌다. 치명상을 입은 남자는 쇠지레를 떨어뜨린 채 몸을 옆으로 꼬면서 주저앉았다. 비명을 지르는 그를 뒤로한 채 창가로 가서 커튼을 몇 폭 더 뜯어냈다. 그러자 나무 십자가가 있는 텅 빈 예배단이 보였다. 나는 남자가 떨어뜨린 쇠지레를 집어 들고는 곧장 턱을 후려쳤다. 치아 몇 개와 피가 허공 속의 어둠으로 날아갔고, 남자는 비틀거리다가 뒤로 넘어졌다. 부자연스럽게 비틀거리는 것을 본 나는 본능적으로 알아차렸다.

"절름발이. 반가워."

"지옥에나 가라."

절름발이는 고통스러운 신음과 함께 저주를 내뱉었다. 그 말을 듣자 웃음이 나왔다.

"여기가 지옥인데 또 어딜 가라고?"

쇠지레를 고쳐 잡고 절반쯤 갈라진 절름발이의 아랫배 안쪽으로 쑤셔 넣었다. 절름발이의 처절한 비명을 들자 죽은 가족들이 떠올랐다.

"네가 우리 가족들을 죽였지? 아는 대로 말하면 고통 없이 환생시켜주겠지만 그러지 않으면 이렇게 버려놓고 갈 거야."

"그, 그래 내가 죽였다."

"왜?"

"그들이 원했으니까."

대답을 들은 나는 절름발이의 아랫배 속을 휘저은 쇠 지레를 들어 올렸다. 피에 젖은 내장이 딸려 올라가는 걸 본 절름발이가 몸을 뒤틀었다.

"거짓말하지 마. 우리 아버지는 구관조를 놔두고 돌아가실 분이 아니야."

"나는 도와줬을 뿐이야. 지하로 내려가면 증거가 있어."

절름발이는 예배단 쪽을 가리켰다. 그쪽으로 가서 살펴보니 등받이가 긴 강대상 의자 뒤쪽에 아래로 내려가는 공간이 보였다. 나는 쇠지레를 내려놓고 교회 입구로 가서 아까 떨어뜨린 권총과 전기 충격기를 챙겼다. 돌아와 보니 절름발이가 두 손을 맞잡고 기도하는 자세로 죽어 있었다. 절름발이의 시신을 지나 강대상 뒤쪽에 있는 공간으로 내려갔다. 나선형으로 휘어진 계단을 내려가자 위층과 맞먹을 정도로 넓은 공간이 나왔다.

그곳에는 긴 테이블과 커다란 화이트보드 같은 것들이 있었고, 캐비닛이 한쪽 벽면을 따라 쭉 이어져 있었다. 긴 테이블 위에는 종이들이 어지럽게 널려 있었고, 화이트보드에는 이름들이 적혀 있었다. 그중에는 아버지인 나홍섭의 이름도 있었다. 이름 위에 X가 그어졌는데 그 아래에는 가족들 포함이라는 글씨도 보였다. 아버지의 이름이 적힌 화이트보드 앞 테이블에는 아버지의 이름이 적힌 종이가 보였다. 거기에는 아버지 이름으로 된 환생 신청서가 있었다. 이력서처럼 생긴 환생 신청서에는 아버지와 가족들의 인적 사항과 주소, 그리고 보유 재산이 있었다. 제일 아래 환생 이유라는 칸에는 온 가족이 같이 죽어서 환생하고 싶다는 내용이 보였다. 테이블에는 환생 신청서들이 가득했는데 그중에는 나와 안유정이 조사하던 사람들의 이름도 보였다.

"맙소사."

서류들을 살펴보고 있는데 안쪽에서 신음 같은 게 들려왔다. 권총을 뽑아 들고 소리가 난 쪽으로 다가가자 캐비닛 사이에 놓인 의자에 묶여 있는 안유정이 보였다. 재갈이 물려진 채 팔과 다리가 의자에 묶여 있던 그녀는 나를 보고는 눈물을 흘릴 정도로 반가워했다. 나도 활짝 웃어주면서 그녀의 왼쪽 허벅지에 38구경 리볼버 탄환을 한 방 먹였다. 매캐한 화약 연기 사이로 충격과 고통으로 일그러진 그녀의 얼굴이 보였다. 결박된 손에 감추고 있던 칼을 떨어뜨리는 소리가 들렸다. 가까이 다가가 재갈을 풀어주자 한 움큼 피를 토한 그녀가 물었다.

"왜? 왜 날 쐈어요?"

나는 대답 대신 버둥거리는 그녀의 다리를 잡고 신발을 벗겼다. 그러고 아까 절름발이의 배를 갈랐던 폴딩 나이프로 뒤축을 잘랐다. 이해할 수 없다는 눈으로 바라보던 안유정은 내가 자신의 신발 뒤축에서 도청기를 빼내자 표정이 어두워졌다.

"하도 질척거려서 넣어봤어. 이게 비싼 거라서 위치 추적이랑 도청까지 다 되거든."

그녀가 나에게 접근한 이유는 절름발이와 손잡고 환생교의 다른 관리자들을 제거하기 위해서였다. 교주의 죽음 이후 환생교는 안유정과 절름발이, 오인혁과 다른 두 명으로 구성된 다섯 명의 관리자들이 운영했다. 겉으로는 깨끗한 척했지만 사실은 재산이 많은 신도들에게 다른 별에서 환생하기 위해서는 죽어야 한다면서 환생교에 재산을 헌납하도록 하고 자살을 시켰다. 혹시나 마음이 바뀔까 봐 현장에는 관리자들 중 한 명이 갔고, 일이 마무리되면 끝냈다는 증거로 현장에 모두가 사라질 때라는 단어를 남겨놨다. 안락사가 허용되었고, 종말이 얼마 남지 않았기 때문에 아무도 의심하지 않았고, 그러는 사이 헌납받은 재산은 기하급수적으로 늘어났다.

문제는 그렇게 모인 돈에 그녀와 절름발이가 욕심을 냈다는 것이다. 그래서 일부러 내가 사는 집에 침입해 윤간당한 척한 다음에 환생교로 오라는 메시지를 남겼다. 분노한 내가 그곳에 가서 오인혁을 비롯한 다른 관리자들을 죽이도록 유인했던 것이다. 하지만 내가 GPS 수신기를 이용해서 이곳에 찾아오자 절름발이는 위층에서 나를 죽이려고 했고, 그녀는 혹시나 해서 묶여 있는 척을 했던 것이다. 나는 피를 흘리며 몸부림을 치는 그녀에게 물었다.

"정말 궁금한 건 왜 돈을 서로 차지하려고 아귀다툼을 벌였는지야. 어차피 몇 달 후면 다 같이 저세상으로 가는데 말이야."

아직 총구에서 연기가 나는 38구경 리볼버로 오른쪽 허벅지를 겨누자 체념한 표정의 그녀가 말했다.

"우주선 때문이야."

"뭐라고?"

"전 세계 부자들이 투자해서 만든 우주선이 석 달 후에 미국 애리조나에서 출발해. 거기에 탑승하려면 돈이 필요해. 아주 많이."

"돈이 있다고 탈 수 있을 것 같지는 않은데?"

"적어도 하늘만 보다가 죽는 것보다는 나아."

"모두가 죽을 때는 다 같이 죽어야지. 안 그래?"

숨을 헐떡거리던 그녀가 대답했다.

"제발 살려줘. 이렇게 죽고 싶지는 않아."

"나한테 접근한 이유?"

"도구로 적당했으니까. 가족들의 죽음에 환생교가 관련이 있다는 걸 알게 된다면 분명 가만있지 않을 것 같았어."

"그래서 가족들이 자살했다고 하고 날 찾아왔군. 모두가 사라질 때라는 말을 하면 내가 흥미를 가지고 조사할 것이 분명하니까."

"맞아."

"어떻게 나오는지 궁금해서 일부러 미적거렸더니 외로운 척하면서 엉겨 붙는 걸 보고 대략 짐작했지."

낙담한 표정의 안유정이 필사적으로 말했다.

"다른 관리자들을 없애줘. 그리고 나랑 같이 애리조나로 가서…."

나는 그녀의 오른쪽 허벅지를 겨누고 방아쇠를 당겼다. 피와 살점이 튀면서 그녀의 몸이 앞뒤로 크게 흔들렸다. 비명을 삼키는 안유정에게 다가가 말했다.

"멀미를 해서 비행기는 딱 질색이야. 그런데 우주선을

타라고?"

"미친놈! 지옥에 가서 네 가족들이랑 만나. 여동생이랑 떡도 실컷 치고."

나는 험한 소리를 내뱉는 그녀의 이마에 권총을 겨눴다. 그리고 어금니를 질끈 깨문 채 방아쇠를 당겼다. 찰칵하는 소리만 들려오자 안유정의 표정이 어두워졌다.

"이런, 총알이 다 떨어졌군."

"제발!"

나는 그녀의 애원을 뒤로한 채 그곳을 나왔다. 결박된 상태에서 양쪽 허벅지에 총알을 한 발씩 맞았으니까 과다 출혈로 죽을 때까지 꼼짝없이 고통을 견딜 수밖에 없을 것이다. 오성교회를 터벅터벅 걸어 나와서 오토바이를 탔다. 그러면서 나도 모르게 중얼거렸다.

"모두가 사라질 때군."

5

환생교 본부 앞에는 지난번에 봤던 무장 경비원이 서 있었다. 검정색 제복에 탄창이 여러 개 꽂혀 있는 전술 조끼를 입었고, 손에는 군용 K2 카빈을 들고 있었다. 헬멧을 벗고 오토바이에서 내려 다가가자 그가 몸을 이쪽으로 돌렸다.

"무슨 일입니까?"

나는 대답 대신 손에 들고 있던 헬멧을 농구공처럼 던졌다. 경비원은 머리 위로 날아오는 헬멧을 무의식적으로 바라보다가 두 손으로 잡았다. 그 틈에 접근한 나는 헬멧으로 가렸던 전기 충격기로 아랫배를 지졌다. 경비원은 헬멧을 움켜쥔 채 그대로 뒤쪽 화단으로 넘어졌다. 재빨리 그의 총을 빼앗아서 멜빵끈으로 목을 졸랐다. 경비원은 발버둥을 치다가 잠잠해졌다. 화단 안으로 끌고 간 다음에 가지고 있던 총과 탄창을 챙겼다. K2 카빈에 꽂혀 있던 것을 포함해서 30발들이 탄창이 모두 네 개였는데 의외로 28발씩 제대로 들어 있었다. 탄창을 주머니에 쑤셔 넣고 전술 조끼를 뒤져보자 연막탄 하나와 수류탄 두 개도 나왔다. 아무래도 계엄령 때 출동했다가 이탈한 군인 같았다. 무기를 챙기고 K2 카빈을 등 뒤로 멘 다음 오토바이로 돌아가서 뒤에 매달고 온 기름통 두 개를 양손에 들었다.

문을 열고 안으로 들어서자 지난번처럼 죽은 환생교 교주의 모습이 나오는 빔 프로젝터가 틀어져 있고, 그 앞에 백여 명의 신도들이 모여서 예배를 드리는 게 보였다. 다들 예배에 열중하느라 내가 들어와서 입구 쪽에다 기름통을 넘어뜨리는 걸 보지 못했다. 기름이 바닥을 적시면서 퍼져 나가는 가운데 등에 메고 있던 K2 카빈을 손에 쥐고 노리쇠를 후퇴했다가 당겨서 탄환을 장전시켰다. 철커덕 하는 소리가 들리자 몇 명의 신도들이 뒤를 돌아봤다.

첫 번째 희생자는 그들이었다. 총성이 들리고 주변 사람들이 쓰러지자 비명이 울려 퍼졌다. 나는 조종간을 단발로 놓고 한 발씩 신중하게 당겼다. 죽일 사람은 많고 탄환은 한정적이었기 때문이다. 처음에는 어리둥절하던 사람들이 제각각 살기 위해 흩어졌다. 하지만 하나뿐인 출구는 내가 막고 있었고, 1층은 탁 트여 있어서 숨을 곳은 없었다. 탄피가 일정한 속도로 떨어지면서 내는 소리가 벨소리 같았다. 첫 번째 탄창이 비었을 때 젊은 남자 몇 명이 덤벼들려고 했다. 하지만 바닥에 뿌려놓은 기름 때문에 미끄러지고 말았다. 여유롭게 탄창을 바꾼 다음 그들부터 해치웠다.

나는 쓰러진 시신들을 지나 안으로 들어갔다. 그리고 기둥과 시신 뒤에 숨은 신도들을 한 명씩 겨누고 방아쇠를 당겼다. 간혹 뭔가를 던지며 저항하는 사람이 있었는데 그들부터 해치우자 나머지는 숨거나 도망치기 바빴다. 그 와중에도 빔 프로젝터는 그대로 돌아가서 열심히 떠드는 죽은 교주의 얼굴에 피가 튀었다. 두 번째와 세 번째 탄창을 비울 무렵 2층 에스컬레이터에서 오인혁이 모습을 드러냈다. 그는 눈앞에 펼쳐진 살육을 보고 입을 다물지 못했다.

"이게 무슨 짓이야?"

"다들 죽어서 다른 별에서 환생하고 싶어 했잖아."

"이런 씨발!"

욕설을 내뱉은 오인혁이 한 손에 들고 있던 권총을 겨눴다. 하지만 내가 한발 빨랐다. 탄환에 어깨를 맞은 그는 에스컬레이터 아래로 굴러 떨어졌다. 고통 때문에 숨을 헐떡거리는 그에게 다가가서 오른쪽 무릎을 쐈다. 부서진 뼛조각들이 핏덩이와 함께 밖으로 튀어나오자 오인혁은 몸부림을 쳤다.

"이 개새끼!"

나는 허리를 굽혀서 그가 떨어뜨린 권총을 챙기며 대꾸했다.

"그래, 그렇게 욕을 해야 좀 인간적이지. 지난번엔 너무 근엄해서 토할 뻔했어."

마지막 탄창을 끼우고 절반쯤 쏠 무렵 눈에 보이는 생존자들은 없었다. 하지만 숨을 죽인 채 여기저기 숨어 있는 게 분명했다. 천천히 뒷걸음질을 치면서 입구로 돌아간 나는 주머니에 넣어 온 라이터를 꺼내서 기름통에 불을 붙였다. 기름을 먹고 커진 불이 삽시간에 안쪽으로 번져갔다. 사방에 걸어둔 현수막과 옷가지 같은 것을 집어삼킨 불은 더더욱 커졌다. 불이 커지는 동안, 사람들이 많이 숨어 있을 것 같은 화장실로 가서 남녀 화장실에 하나씩 수류탄을 던졌다. 요란한 폭음 사이로 비명이 들려왔다. 환생교 본부는 불과 연기로 뒤덮였다. 곧 불길을 뒤집어쓴 사람들이 모습을 드러냈다. 비틀거리는 그들에게 K2 카빈의 남은 탄환을 다 쓰고는 미련 없이 돌아서서 나왔다. 그리고 유리문을 닫은 다음 손잡이에 K2 카빈을 빗장처럼 끼워버렸다. 불과 연기를 뚫고 나온 신도들이 유리문을 쾅쾅 두드리면서 살려달라고 외쳤다. 나는 그들에게 말했다.

"환생이 소원이라고 했잖아."

아까 챙긴 권총으로 셔터의 자물쇠를 부수고 내려버렸다. 환생교 본부로 쓰는 1층과 2층은 창문이 없어서 독 안에 든 쥐 신세였다. 그사이 유리문이 부서졌지만 셔터 밖으로는 손밖에 나오지 못했다. 꿈틀거리던 손들이 하나씩 움직임을 멈출 때쯤 경찰차의 사이렌 소리가 들렸다.

아까 죽인 경비원이 있는 화단의 충돌 방지 봉에 걸터앉은 채 경찰차들을 바라봤다. 차에서 내린 경찰들의 경악한 표정을 보면서 술 생각이 간절했다. 그리고 가족들이 보고 싶었다. 경찰차들이 계속 도착하면서 내가 앉아 있는 곳을 빙 둘러 포위했다. 그들을 보면서 히죽 웃은 나는 권총을 턱에 갖다 댔다. 놀란 경찰들이 몸을 숨기는 사이 하늘을 바라봤다. 멸망의 여신은 아직 보이지 않았지만, 이제 모두가 사라질 때다.

멸망하는 세계,

망설이는 여자

조영주

오전 7시 5분 전.

해환이 일어나자마자 가장 먼저 한 일은 언제나 그렇듯 팔베개를 하고 잠든 푸들의 머리를 쓰다듬는 것이었다.

"잘 잤어?"

개는 해환의 인사에 일언반구 없었다. 그야 당연했다. 개니까. 개는 하품을 길게 하며 앞다리 두 개를 쭉 펴고, 뒷다리를 왼쪽 한 번 오른쪽 한 번 차례로 펴더니 푸들푸들 소리가 나게 몸을 털었다. 그러고는 꼬리를 가볍게 왼쪽으로 몇 번 흔들며 해환을 올려다봤다. 해환은 그게 무슨 뜻인지 충분히 알았다. 밥 달라는 뜻이다. 하지만 일단 무시하고 컴퓨터부터 켰다.

내일까지 마감인 단편이 하나 있었다.

출판사의 독촉은 없었다.

한 달 전쯤 출판사에서 전화가 왔다. 담당자는 허탈한 웃음 섞인 목소리로 말했다.

"결국 못 버티고 인쇄소가 문을 닫아서 말이죠."

1년 전부터 다수의 회사들이 폐업을 하고 있다.

"그래서 뭐… 마감을 하셔도 되고 안 하셔도 되고 그렇게 됐네요."

해환은 그 마음을 충분히 이해했다. 이 단편이 실릴 소설의 출간 예정일은 지금으로부터 한 달 후였다. 그 말은 곧, 그때엔 이미 지구가 존재하지 않는다는 뜻이었다.

컴퓨터 화면이 켜졌다. 해환은 어제 쓰다 잠든 한글 파일을 불러낸 후 기지개를 크게 폈다. 단편의 제목은 한 달 전 전화가 왔을 때 정했다.

'폐업'.

하지만 제목 외엔 아무것도 적을 수 없었다.

해환은 '폐업'이란 글자를 잠시 노려보다가 시간을 확인했다.

오전 6시 57분.

슬슬 경고가 올 시간이군.

해환은 개를 안아 들고 부엌으로 향했다. 개밥을 퍼준 후 그 앞에 개를 내려놓았다. 개는 정신없이 개밥을 먹어

멸망하는 세계, 망설이는 여자

치웠다. 해환은 그런 개의 머리를 쓰다듬으며 핸드폰의 시각이 흐르는 것을 노려보았다.

역시나, 7시 정각이 되자 문제의 문자가 왔다.

[경보: 지구 멸망까지 앞으로 5일! 오늘도 한 그루의 사과나무를 심읍시다!]

처음 이 기이한 경보가 온 것은 3년 전 여름이었다. 7월 18일. 해환은 날짜까지 확실하게 기억한다. 이날은 해환의 생일이었다. 친구들의 생일 축하 문자며 카카오톡 메시지를 하염없이 수신하며 다음 날까지 보내야 하는 종말을 주제로 한 단편소설을 어떻게 적어야 할까 끙끙거리던 중, 한 통의 문자가 도착했다.

[경보: 지구 멸망까지 앞으로 3년! 오늘도 한 그루의 사과나무를 심읍시다!]

해환은 오뉴월에 눈이 온다는 소리 정도로 여겼다. 그런데 갑자기 친구들의 생일 축하 메시지가 뚝 끊기는가 싶더니 다른 메시지들의 알람이 끊임없이 울렸다. 해환이 가입한 열 개가 넘는 단톡방이며 페이스북, 인스타그램, 트위터, 블로그까지 모든 SNS 채널이 지구 멸망 이야기로 떠들썩했다. 1999년 노스트라다무스의 대예언 소동 이후 이런 반응은 처음이었다. 하지만 1999년에도 그러했듯이 해환은 이 경고를 믿지 않았다.

암에 걸린다거나 하는 식으로 사람이 죽는다는 사실을 알게 되면 그것을 받아들이는 데에 일종의 단계가 필요하다는 이야기를 들은 적이 있다. 분명 첫 단계가 부정이었다. 하지만 그건 진지하게 받아들이는 경우에 한해서이리라. 적어도 해환의 경우, 첫 단계가 완전히 달랐다. 문제의 종말 경보를 받은 직후 첫 단계는 '영감'이었다. 해환은 "이걸 갖다가 소설을 쓰면 되겠어" 하고는 신이 나서 단편을 적어 내렸다.

그렇게 적은 원고는 그해 9월, '아임유어파더'라는 이름의 출판사에서 종말 앤솔러지로 선을 보였다. 마침 종말 문자에 대한 세간의 궁금증이 컸기에 이 책은 꽤 인기를 끌었다. 해환을 비롯해 종말 앤솔러지에 참여한 다섯 명의 작가는 각기 매스컴을 비롯해 강연, 독서 모임 등에서 활발한 활동을 했다.

그렇게 전성기가 왔다. 하지만 1년 전 7월 18일, 나사의 정식 발표 후 상황은 역전됐다.

마침내 얻은 작가로서의 인지도. 그런데 운석이 떨어

져 지구가 멸망한다고… 지금껏 해온 건 다 무슨 의미가 있나.

그리고 그 남자 동구의 연락.

해환의 휴대폰이 또 한 번 반짝거렸다. 메시지가 왔다는 표시였다.

동구: 오늘은 대답해줄 거야?

해환은 한숨을 길게 내쉬었다. 동구에게 무어라고 대구를 해야 할까 한참 망설이다가 결국 다시 핸드폰을 내려놓았다. 그새 밥을 다 먹고는 앞발로 해환의 다리를 툭툭 치며 놀자고 눈치를 주는 개를 안고 다시 데스크톱 앞으로 돌아갔다. 여전히 '파업'이라는 글자만 적힌 화면을 보다가 첫 문장을 적었다.

세계의 멸망이 나의 연애에 달렸다.

해환은 애써 적은 문장을 뒤부터 지운 후, 이번엔 이렇게 적었다.

세계의 멸망이 나의 소설에 달렸다.

3년 전 10월의 첫날에도 어김없이 해환은 망원동에 있는 카페 홈즈에서 아르바이트를 하고 있었다. 전업 작가를 해서는 생활비를 벌기에 턱도 없었다. 게다가 당시 해환은 남양주로 아파트를 구입해서 이사를 한 지 얼마 안 되었기에 더욱 돈에 쪼들렸다. 이런 해환에게 카페 홈즈 사장은 아르바이트를 제안했다. 추리소설가가 일하는 추리소설 전문 북카페라니, 흥미롭지 않냐는 말에 해환은 흔쾌히 응했다.

이후 해환은 조금씩 일거리가 늘었다. 사장의 예상대로 사람들은 추리소설 전문 북카페, 것도 셜록 홈즈의 이름을 딴 북카페에서 일하는 셜록 홈즈 패스티시 소설로 데뷔한 추리소설가 윤해환에게 흥미를 보였고, 그렇게 흥미를 보인 사람들 중에는 출판 관계자도 다수 있었다. 덕분에 해환은 이곳에서 일하며 잡지에 칼럼을 연재하고 몇 개의 계약을 따내는 등 좋은 일이 연달아 생겼다.

종말 앤솔러지도 그런 식으로 인연이 닿아 하게 되었다. 카페 홈즈를 자주 찾던 정명섭 작가는 해환에게 종말을 주제로 해서 소설을 한 편 써보겠냐고 물었고, 해환은 쟁쟁한 작가들과 함께할 수 있다는 말에, 게다가 인세도 잘 챙겨준다는 말에 바로 하겠다고 허락했다.

이 책을 낸 것은 탁월한 선택이었다. 9월, 책을 낸 후 카페 홈즈는 책을 본 손님들이 북새통을 이루는 덕에 매일 즐거운 비명을 질러야 했다.

이날의 첫 손님도 그런 이였다. 제주도에서 감귤농장을 한다며 찾아온 임산부는 묻기도 전에 자신을 박소해, 추리소설가 지망생이라고 밝히더니 다들 갖고 오는 종말 앤솔러지 대신 1600부밖에 팔리지 않은 해환의 데뷔작 『홈즈가 보낸 편지』를 내밀었다. 따듯한 라테를 주문하고 사인을 요구했다. 물론 해환은 사인을 마다하지 않았다. 책의 첫 장을 펴며 말했다.

"이 책 오랜만에 보네요. 우리 집에도 없는데."

"어머, 그래요? 저 이 책 정말 좋아하는데."

"그래서 어떤 문장을 적어드릴까요?"

해환은 사인을 할 때마다 상대가 원하는 문장을 한 줄씩 적어줬다.

"사랑은 교통사고처럼 터진다."

"네?"

"좋아하는 문장이에요."

"그렇군요."

해환은 요구한 문장을 적다가 자신의 생각도 이어 적을 뻔했다. 혹시 그 배는 교통사고의 후유증인가요. 해환이 문제의 문장을 적지 않은 건 연이어 들어온 두 번째 손님 덕이었다.

키가 굉장히 큰 남자. 나이는 30대 중후반 정도일까. 은테 안경을 쓴 말끔한 얼굴, 한 손에 노트북 가방을 들고 정장을 입었다.

"어서 오세요."

남자는 해환의 말에 잠시 눈을 마주쳤다. 팔짱을 끼고 해환을 쳐다보는가 싶더니 고개를 까딱하고 가장 안쪽 자리로 들어갔다. 가방을 두고 다시 돌아와 메뉴판을 두리번거리다가 해환에게 물었다.

"커피 마시려는데, 추천할 만한 거 있어요?"

해환은 박소해에게 양해를 구하고 남자의 앞에 섰다. 카운터에 놓인 네 종의 브랜드 원두를 가리키며 말했다.

"이쪽에서 보시고 고르셔도 괜찮습니다."

예전엔 이런 질문을 하면 일일이 상대해줬다. 이젠 아니다. 대부분의 손님은 해환이 아무리 길고 열심히 설명을 해도 옆의 원두 설명을 보고 나면 자기 마음대로 커피를 골랐다. 이 사실을 안 후, 해환은 원두를 그저 보여주기로 했다.

남자는 해환의 말대로 원두 앞의 명패를 차례로 확인하더니 말했다.

"이웃집으로 주세요."

"메그레 말씀하시죠."

"아, 메그레라고 부릅니까?"

"홈즈 마플 포와로 메그레, 모두 탐정 이름이에요."

"그렇군요. 몰랐습니다."

"따듯한 걸로 드릴까요?"

"네, 부탁드려요."

남자는 살짝 고개를 숙여 인사하며 신용카드를 건넸다. 해환은 무심한 표정으로 카드를 긁은 후 영수증과 함께 내밀었다.

"자리로 갖다 드릴게요."

그 말에 남자는 잠깐 서 있었다. 뭔가 할 말이 있는 표정으로 해환을 바라보기에, 해환은 말을 못 들었나 싶어 다시 한번 말했다.

"자리로 갖다 드릴게요."

"흠, 그래야겠네요."

남자는 살짝 웃고 자리로 돌아갔다.

해환은 '이웃집 메그레'가 담긴 유리병을 열었다. 계량 스푼으로 원두를 정확히 20그램 담아 글라인더에 갈았다.

"저 남자 잘생겼네요."

박소해가 다가와 카운터의 스툴에 앉으며 말했다.

"그 누구더라, 무슨 배우 닮은 거 같은데. 텔레비전 나오는."

"제가 텔레비전을 잘 안 봐서 모르겠네요."

해환은 살짝 웃으며 대꾸한 후 핸드드립을 준비했다. 잔을 덥히고, 주전자에 물을 끓이고, 드리퍼와 유리 서버를 준비하며 적당히 박소해에게 눈치를 줬다. 박소해는 끄떡없었다. 여전히 카운터 앞 스툴에 앉아 오래된 친구 사이처럼 해환에게 말을 연이었다.

"시작은 잘못 온 택배였어요."

"네?"

"저랑 남편이 만난 이야기요. 사랑은 교통사고."

아, 또 시작인가.

손님들은 해환이 작가라는 사실을 아는 순간 태도가 변한다. 작가라면 주변 모든 이야기가 글이 된다고 생각하는 건지, 아니면 일상사가 늘 취재로 이뤄져 있다고 생각하는 건지, 자신의 이야기를 들려주려고 애썼다. 그리고 매우 안타깝게도 이런 식으로 들려주는 이야기의 대부분은 해환이 글을 쓰는 데 아무짝에도 쓸모가 없었다. 이야기는 늘 숨어 있는 탓이다. 누군가 일부러 들려주고 픈 이야기는 대부분 하나의 형태를 갖추고 있다. 날것이 아니다. 그리고 작가의 일이란 숨어 있는 이야기를 발굴하는 것이다. 진짜 이야기는 누군가 입을 다무는 순간 시

멸망하는 세계, 망설이는 여자

작된다.

해환은 박소해가 입을 다물 때까지 기다리고 싶은 마음도 취재를 하고 싶은 마음도 없었다. 지금 해환은 바리스타였고 그 직업은 해환에게 소설가만큼 소중했다. 그래서 해환은 바리스타로서 박소해의 이야기를 적당히 들어주며 눈앞의 핸드드립에 집중했다.

"네, 택배요."

"제주도에서 귤이 온 거예요. 3킬로그램짜리가. 저희는 자주 그런 선물이 와요. 작가님들이 보내주시거나 하니까 그냥 먹었죠. 그런데 이게 알고 보니까, 저희 출판사로 온 게 아니라 이름이 같은 다른 출판사로 보내져야 할 귤이었던 거예요."

서울의 출판사 이름은 도서출판 '한'이었는데, 본래 귤이 도착해야 할 출판사의 이름은 도서출판 '판'이었다고 한다.

"보통 이름이 비슷해도 주소가 다르면 이런 일이 안 생기잖아요. 문제는 저희가 같은 빌딩에 있었다는 거예요. 모회사의 각기 다른 임프린트라서 판, 한, 찬, 이런 식으로 이름을 지은 거죠. 참 무책임하다고 보지 않으세요?"

"무책임하네요."

"그래서 남편이 귤이 잘못 배송되었다는 사실을 알고

서울까지 온 거예요."

"서울까지 오셨군요."

해환은 박소해의 말꼬리를 그대로 따라 하며 적당히 대꾸했다. 바리스타 생활을 하며 알아낸 테크닉이었다. 대부분의 대화는 말하는 이와 듣는 이로 이뤄져 있다. 바리스타는 전형적인 듣는 이의 역할이다. 잘 들어준다는 태도를 보일수록 말하는 이는 흥이 오른다. 편하게 자신의 이야기를 떠들 수 있다. 그래서 해환은 상대의 말을 적당히 따라 하고 있었다. 물론, 밑도 끝도 없이 들어줄 생각은 없었다. 해환은 정확히 2분만 더 들어줄 셈이었다.

2분, 그건 눈앞의 메그레가 한 잔의 커피로 완성되는 데 걸리는 시간이었다.

이제 박소해는 남편과 처음 만나 어디서 밥을 먹었는지 이야기하고 있었다. 저 이야기는 박소해의 배가 불러 제주도로 내려간 사연에 도달하기 전에는 끝나지 않을 듯했고, 슬슬 해환은 짜증이 났다. 그래서 해환은 서버에 담긴 커피의 용량이 150밀리리터를 넘자마자 박소해의 말을 끊었다.

"커피를 내가야 해서 잠시만요."

해환은 살짝 웃으며 서버째로 들고 자리를 옮겼다. 다행히 박소해는 그 말에 스툴에서 내려왔다. 안쪽으로 자

　　　　　　　　　　　　　　멸망하는 세계, 망설이는 여자

리를 옮겼다. 해환은 안도의 한숨을 쉬었다. 커피를 200 밀리리터까지 마저 내린 후, 남자에게 내갔다.

'이웃집 메그레'를 주문한 남자는 제일 안쪽 구석 자리에 앉아 책을 보고 있었다.

해환은 남이 보는 책이 늘 궁금하다. 특히 카페에서 누군가 책을 읽고 있으면 어떻게든 그 책의 표지를 엿보는 습관이 있다. 이날도 해환은 그랬다. 가장 안쪽 자리에 앉은 남자, 방금 전 들어와 '이웃집 메그레'를 시킨 그 남자가 손에 든 영어 문고본 소설의 정체가 궁금했다.

"이웃집 메그레 나왔습니다."

해환은 커피를 남자의 앞에 내려놓으며 남자가 손에 든 책의 표지를 노려보았다.

『GONE GIRL』

해환은 이 책을 알았다. 우리나라에서는 『나를 찾아줘』라는 제목으로 번역되었다. 해환은 이 책을 꽤 재밌게 봤다. 특히 첫 문장을 좋아했고, 영화가 그 첫 문장으로 시작하는 것 역시 마음에 들었다.

남자가 말했다.

"자꾸 말 시키는 거 싫어하죠?"

책에 그런 문장이 나왔던가.

적어도 해환의 기억에는 그런 문장이 없었다. 하지만

남자가 말을 하는 것을 보니 그런 문장이 있었겠거니 하고 웃으며 대답을 얼버무렸다. 그랬더니 남자가 또 "이 책 읽었죠?"라고 묻는 게 아닌가.

정말 나한테 묻는 건가?

해환은 주변을 두리번거렸다.

30평 남짓한 카페, 손님은 단 두 명. 제주도에서 올라온 만삭의 임산부와 눈앞의 남자뿐이었다. 그렇다면 지금 남자가 말을 거는 건 해환이 확실했다.

오늘은 집에 들어가자마자 쓰러지겠군.

해환은 속으로 한숨을 길게 내쉬었다.

평소 해환은 개랑 대화를 나누는 것 외에는 거의 사람과 대화를 하는 일이 없다. 카페에서 주문을 받을 때에도 "안녕하세요" "주문하시겠어요?" "**원 결제하겠습니다" 등 필요한 단어밖에 말하지 않는다. 해환은 귀찮았다. 길게 말하는 것이, 그리고 사람들과 대화를 하는 것이. 그럴 시간에 책을 들면 열 단어는 더 볼 수 있었다. 그런데 왜 말을 해야 한단 말인가?

해환은 남자를 적당히 웃어넘기겠다고 마음먹었다. 그러고 입을 열려는 순간, 남자에게 선수를 빼앗겼다.

"저 기억 안 나죠?"

"네."

"어제 우리 만났는데."

"네?"

"말은 세 마디 이상 하라니까 그러네."

"아!"

박소해의 짐작이 옳았다. 이 남자는 배우는 아니지만 연예인이다. 어제, 난생처음 텔레비전에 출연한 해환에게 불쾌한 첫인상을 심어준 아나운서 홍동구.

종말 앤솔러지가 큰 반향을 불러일으킨 덕에 텔레비전 프로그램에 초대됐다. 근 10년 이상 텔레비전을 보지 않은 해환은 큰 감흥이 없었지만 다른 작가들은 달랐다. 하나같이 미용실을 예약하고 옷을 산다고 야단이었다. 그 광경에 해환은 인기깨나 끄는 프로그램이겠거니 했다. 물론, 그렇다고 미용실에 가거나 쇼핑을 하는 일은 없었지만. 언젠가 해환은 책을 사고 사은품으로 거대한 점보 지우개를 하나 받았다. 그 사은품 점보 지우개에 이렇게 적혀 있었다. 헌 외투는 그냥 입고 새 책을 사라. 이건 해환에게 제격인 명언이라, 방송 출연 직전에도 실천했다. 미용실과 백화점 쇼핑 대신 동네 서점에 들렀다. 책을 5만 원어치 사서 돌아와서는 다음 날, 이 중 한 권을 들고 방송국을 향했다.

그런 해환에게 홍동구가 말을 시켰다. 적당히 대꾸하

자 상당히 불쾌한 말이 돌아왔다. 무슨 말이었는지 기억은 나지 않지만, 이 남자가 자신의 이름 석 자 홍동구를 밝히는 순간 바로 불쾌해지는 것을 보니, 어지간히 기분이 나빴던 말인 건 분명했다.

"정말 얼굴 못 알아보시는구나."

"네?"

"안면인식장애랬잖아요. 그거 확인하려고 왔는데 딱 걸리셨네."

"아뿔싸."

"그런데 유명인이 이런 데서 막 아르바이트하고 그래도 돼요?"

"안 유명한데요."

"아, 말 짧네. 내가 어제 뭐랬어요. 세 단어 이상 말하라니까 그러네."

"아, 그거!"

해환은 남자의 지적에 깨달았다. 어제 해환을 불쾌하게 만들었던 말. 그건 "세 단어 이상 말해라"였다. 평소 말을 짧게 하는 해환에게 그 지적은 정체성을 부정당하는 것이나 마찬가지였다.

"뭐가 그거예요?"

"아니, 아무것도 아닙니다. 아무튼 반갑습니다. 이렇게

멸망하는 세계, 망설이는 여자

찾아오시고."

"몇 시 퇴근?"

"일곱 시 퇴근입니다."

"이따가 약속 있어요?"

"아뇨. 집이 멀어서 말입니다."

해환은 세 글자, 세 글자를 속으로 되뇌며 대답했다.

"어딘데?"

"경기도 남양주에 삽니다."

"시간이 얼마나 걸리나?"

"여기서 편도 두 시간 거리입니다. 경춘선을 타려면 상
봉역에서 갈아타야 합니다. 상봉역에서 열차가 30분에
한 대씩 오기 때문에 긴장해야 합니다."

"그렇군요. 그래서 말인데, 나랑 저녁 먹을래요?"

"네?"

"세 단어 이상으로 말하라니까."

"아, 그게. 저기."

"세 단어는 맞네."

"집이 멀어서."

"그건 두 단어."

해환은 거절하고 싶었다. 그런데 핑곗거리가 떠오르지
않았다. 그래서 가까스로 한다는 말이, "아까 그 문장에

'그래서 말인데'는 왜 들어간 거죠?"였다. 이런 순간마저 도 상대가 말한 문장의 오류를 지적하다니, 대체 뭘 하자 는 건가 자신에게 혀를 차는 사이, 홍동구는 자기 멋대로 상황을 해석하고 있었다.

"그건 밥 먹으면서 설명하기로 하죠. 이따가 마저 이야 기해요."

결국 해환은 말의 홍수에 졌다. 일단 고개를 꾸벅 숙인 후 카운터로 돌아오다가 다른 테이블에 앉아 있던 박소 해와 눈이 마주쳤다. 박소해는 히죽히죽 웃으며 해환에게 말을 걸었다.

"것 봐요."

"네?"

"사랑은 교통사고 같은 거랬죠?"

박소해의 말에 해환은 이른바 '썩소'를 짓고 말았다.

이게 무슨 사랑이야. 업무상 만남이지. 것도 매우 마음 에 들지 않는 업무상 만남.

해환은 성별이 남자인 친구가 상당히 많았다. 특히 이 곳 카페 홈즈에서 근무를 하게 된 후로는 해환이 있는 곳 으로 친구들이 거의 매일 찾아오다시피 했다. 당연히 그 렇게 찾아온 친구들은 해환의 퇴근 시간까지 기다렸다가 근처에서 저녁을 먹고 돌아갔다. 동구의 방문. 비록 어제 처음 만난 사이이긴 하지만, 이렇게 먹는 건 그런 범주의 일이리라, 어쩌면 방송 관련해서 뭔가 할 이야기가 있어 찾아온 것이리라.

6시 50분이 되자 해환은 퇴근할 준비를 했다. 앞치마를 벗고 가방을 멘 후 사장에게 인사를 했다.

"그럼 가보겠습니다."

"데이트 잘 하세요."

사장은 자신의 자리에서 컴퓨터 화면을 한참 들여다보다가 일어나서 말했다.

"데이트는 무슨."

"데이트가 뭐 별건가. 남자랑 여자랑 만나면 데이트지."

사장이 해환을 놀리는 모양이었다. 해환은 "네, 네" 적당히 대꾸하며 현관으로 나갔다. 그러자 동구가 따라왔다.

"뭐 좋아해요?"

"작가님 떡볶이 좋아해요."

동구의 말에 해환보다 먼저 대꾸한 건 사장이었다.

아오, 사장님.

해환은 속으로 사장을 원망했다.

"그러고 보니 작가님 SNS에 떡볶이 사진이 자주 올라오더군요. 떡볶이 먹으러 갈래요?"

해환의 SNS에는 불특정 다수의 댓글이며 좋아요가 잔

뜩 달렸다. 사람들은 먹을 것 사진을 좋아했다. 특히 떡볶이처럼 찍었을 때 색감이 잘 드러나는 음식을 즐기는 듯했다. 해환은 사람들의 반응이 좋아 이후 자주 분식점을 찾았다. 떡볶이를 먹을 때마다 사진을 찍었더니 어딜 가도 같은 질문을 들었다. 떡볶이 좋아하나 봐. 그리고 이어지는 말은 언제나 어디 가면 무슨 떡볶이가 맛있더라, 였다. 사실 해환은 그 정도로 떡볶이를 좋아하지 않았지만 이야기를 들으면 찾아가는 게 인지상정, 결국 그렇게 떡볶이 맛집 순례가 지금까지 이어지고 있다는 속사정이었다.

"사실 그건."

"그건?"

"사실이라고요. 여기 근처에 나흘 동안 숙성시킨 소스로 만드는 즉석 떡볶이집이 있는데, 거기 가시죠."

마음 같아선 컨셉이라고 말하고 싶었지만 참았다. 동구는 해환보다 훨씬 영향력이 큰 방송인이다. 괜한 소리를 했다가 SNS의 사진이 가식이란 소문이 퍼지면 곤란했다.

"좋습니다. 내가 사줄게요."

"아닙니다."

해환은 정색했다.

"떡볶이는 제 겁니다. 제가 사겠습니다."

이런 남자한테 빚을 지고 싶지 않았다.

"아, 그러세요."

동구는 히죽히죽 웃으며 고개를 끄덕였다.

2층 계단을 내려와 현관문을 열고 거리로 나가자 거리는 가을이었다. 길을 따라 선 은행나무는 노란빛으로 물들고 있었다. 퇴근을 하고 이 길을 걷노라면, 어쩌다 일찍 퇴근해 빛을 받은 은행나무 잎이 서서히 노을빛으로 물드는 광경을 보노라면, 해환은 이것이 행복의 다른 말일지도 모른다는 생각을 했고, 그런 생각은 길을 가다가 우연히 만나는 작은 동물들, 개나 고양이를 볼 때면 극에 달했다. 하지만 지금 이 순간은 소용없었다. 개도 고양이도 노을도 은행나무도 눈에 들어오지 않았다. 즉석떡볶이집까지 가는 5분, 해환은 그 5분이 이렇게 지루할 수 있다는 사실을 오늘 처음 알았다.

어떻게 문제의 즉석떡볶이집에 도착하기는 했으나, 신은 타인의 편이었다. 하필 이런 날 즉석떡볶이집은 만석이었다. 주인장은 금방 자리가 난다며 기다리라고 했지만 해환은 그러고 싶지 않았다. 식당 안 풍경 탓이다. 오늘따라 죄다 커플이었다. 그 사이에 이 남자, 동구와 함께 앉아 떡볶이를 먹으면… 싫다. 정말 싫다.

"기다릴래요?"

동구는 히죽거리며 물었다.

해환은 지금이라도 저녁 약속이고 뭐고 다 때려치우고 그냥 집에 가겠다고 말하고 싶은 것을 가까스로 참고는, 정말 하고 싶지 않은 말을 했다.

"일단 좀 걷죠."

"어디까지?"

"뭐, 먹을 만한 게 있을 만한 곳까지 걸어보죠."

사실은 이렇게 걷다가 그냥 지하철역까지 가서 헤어지고 싶다.

"그것도 괜찮죠. 이런 날씨에 산책 정말 좋지 않습니까."

응, 너랑만 아니면.

해환은 속으로 마구 인상을 쓰다가 의아해졌다.

나, 왜 이렇게 이 남자가 싫지?

일을 하다 보면 어떤 식으로든 누군가와 부딪친다. 종말 앤솔러지를 하면서도 해환은 잦은 말다툼을 벌였지만 늘 농담에 소주 한잔을 곁들이다 보면 쉽게 풀어졌다. 또, 그런 일을 계기로 더 친해져서 다음에 한 번 더 앤솔러지를 하자는 이야기까지 나올 수 있었다. 동구도 어제 일을 떠올리자면 더 친해질 수도 있었다. 무려 오늘 동구는 제 발로 카페 홈즈에 찾아왔다. 매상을 올려준 데다 같이 저

녁을 먹자고 했다. 이 정도면 기분이 훨씬 좋아져야 옳았
건만 어째서 이렇게 불안하고 짜증이 나는 걸까.

"난… 믿어요."

한참 자신의 생각에 골몰하느라 해환은 동구의 말을
제대로 알아듣지 못했다. 그건 해환이 가는귀를 먹은 탓
도 있었다.

해환은 오랜 기간 카페에서 일했다. 그리고 해환이 일
했던 카페 중 10년 넘게 근무한 카페는 하필 생과일주스
전문점이었다. 사장은 영세한 자영업자였다. 유명 커피
체인점에서 쓰는 몇십만 원을 호가하는 믹서기를 들여
놓을 여유가 없었다. 평균가격 5만 원, 비싸봐야 10만 원
에 구입한 믹서기들은 하나같이 소리가 요란했다. 이런
소음에 익숙해진 해환은 가는귀를 먹고 말았다. 전철 플
랫폼 혹은 지금처럼 빠르게 차가 스쳐 지나가며 경적을
울리거나 하면 해환은 늘 상대의 말을 놓쳤다. 그래서 해
환은 동구의 입을 가만히 바라보았다. 아무 말도 하지 않
으면 동구가 다시 한번 같은 말을 하지 않을까 하는 기
대로. 동구는 해환의 기대를 배신하지 않았다. 하지만 동
구가 한 말은 해환의 기대를 배신했다.

"난 종말을 믿어요."

"네?"

"종말 문자, 믿는다고요."

그 말에 해환은 정신이 번쩍 들었다.

"작가님도 종말 믿죠? 그래서 그런 소설을 쓰신 거 아닌가."

그제야 해환은 동구가 왜 자신을 찾아왔는가 알 것 같았다.

7월 18일, 처음 종말 문자가 돌고 해환이 책을 내기까지, 사람들은 어떤 자리에서든 종말을 화제로 꺼냈다. 그것은 월드컵이나 올림픽, 혹은 유명 연예인의 탈선이나 국회의원의 비리 의혹만큼이나 흥미로운 소재였다. 하지만 이들 중 누구도 종말 문자를 진지하게 받아들이지는 않았다. 다들 해환 같았다. 이야깃거리가 필요하니까, 재미있을 것 같으니까, 종말에 대해 논하려 들었다. 해환 역시 그랬다. 문제의 소설을 쓴 건 종말을 주제로 앤솔러지를 써야 하는데 마침 문자가 왔기에 잘됐다 한 것이었다. 말 그대로 운명에 가까운 우연. 만약 소설이 써졌다면, 그래서 해환이 평소처럼 일찌감치 잠이 들었다면, 다음 날 오전 7시 정각에 문제의 문자를 수신한 게 아니라 몇 시간 지나 수신해서 주변의 반응을 뒤늦게 알았다면, 해환은 이 경고 문자에 흥미를 보이지 않았으리라. 하지만 그 일은 결국 일어났다. 해환은 7시에 깨어 있었고,

멸망하는 세계, 망설이는 여자

제 시각에 문자를 보았고, 문자에서 흥미를 느껴 소설을 쓰고 말았다. 아무도 믿지 않은 종말 문자를 믿어버린 한 소년의 이야기를, 소년 혼자 종말이 온다는 사실을 알고 지구를 구하기 위해 노력하는 이야기를, 어린 시절 읽은 동화에 영감을 받아서, 뚫린 댐을 막기 위해 자신을 희생한 소년이 등장하는 동화를 떠올리며 자신을 희생해 종말을 막는 소년의 이야기를 적은 것이다.

어디까지나 흥미 본위 접근이었다. 하지만 남자가 그 문자를 진지하게 받아들였다면, 지금 해환이 솔직하게 소설을 쓸 당시의 상황을 이야기한다면, 불쾌감을 느낄 수도 있었다. 아니, 그보다. 해환이 SNS에 그토록 많은 떡볶이 사진을 올린 것이 단순한 관심 끌기였다는 사실보다 훨씬 더 심한 비난을 받을 수도 있으리라. 하지만 몰랐단 말이다. 정말 문제의 종말 문자를 진지하게 받아들이는 사람이 있을 줄은, 그 사람과 조우할 줄은, 게다가 그 사람이 해환을 찾아와 직접적으로 종말 문자에 대한 의견을 물을 줄은 정말 몰랐단 말이다. 그래서 해환은 멈춰 설 수밖에 없었다. 망원시장을 코앞에 두고 신발 가게와 과일 가게 사이에 서서 동구와 눈을 마주치며 잠시 서로 바라보고 서버린 것이다.

해환이 물었다.

"그래서 절 찾아온 까닭이 뭐죠?"

"나는 믿거든요."

"뭘요?"

"내가 그 사람이라는 사실을."

"무슨 그 사람요?"

"종말을 막는 소년."

해환은 뜻밖의 대꾸에 말문이 막혔다. 멍청히 동구와 두 눈을 마주치다가 물었다.

"그런데 왜 절 찾아왔죠? 3년 후 종말이 오고 당신만이 종말을 막을 수 있다면 지금 이렇게 저를 만날 게 아니라 막기 위한 무언가를 해야죠."

"그래서 당신을 만나러 온 거예요."

"그러니까 거기에 왜 내가 등장하냐고."

"두 명이거든요."

"뭐가요?"

"종말을 막는 건 소년이 아니라 소년과 소녀입니다. 정확히 말하자면 남자와 여자. 즉, 당신과 나."

"대체 무슨 소린지."

"그러니까, 내가 당신이랑 만나고, 연애하고, 행복해지면, 그 모든 이야기를 당신이 소설로 적으면 종말은 멈출 거예요."

어스름이 몰려든다. 노을빛이 사라지고 서서히 깔려 가는 짙은 그늘 같은 밤의 골목에 해환과 동구는 서로를 마주 보고 서 있었다. 해환은 흔히 말하는 시간이 멈추는 것 같았다는 말의 의미를 깨달았다. 바로 이 순간, 해환은 시간이 멈춘 것만 같았다. 자신과 해환의 만남에 세계의 종말이 달려 있다는 이 남자, 영화나 소설, 만화나 그래픽노블에서나 볼 법한 말을 아무렇지 않게 하는 이 남자에게 대체 무어라고 해줘야 할지 해환은 머리가 복잡해졌다.

"세카이계라는 말 알아요?"

결국 다시 입을 연 건 동구였다.

"자신의 운명과 세계가 밀접하게 관련이 되어 있다는 그런 믿음에 기초한 이야기들을 일컫는 용어예요. 국내에서 개봉한 신카이 마코토의 애니메이션 〈너의 이름은〉이 이런 부류로 분류될 수 있겠죠. 그 애니메이션에서 보면 소년이 소녀를 구하고 싶다는 일념으로 사람들을 구원하잖아요. 그런 식으로 당신과 내가 연애를 하고, 당신이 나와 연애한 이야기를 소설로 적으면 이 세계는 멸망하지 않을 수 있어요."

"왜 그런 말도 안 되는 망상에 빠진 거죠? 아니 그보다 왜 하필 나죠?"

"도를 믿으십니까 알아요?"

"네, 알아요."

"그런 사람들하고 이야기해봤어요?"

"한 번쯤은 뭐."

"나도 그래요. 거의 붙잡히는 일이 없죠. 그런데 최근한 남자에게 잡혔어요. 자신을 차거사라고 하더군요."

"차거사. 왠지 낯익은데요."

"차거사는 내 손을 잡더니 '찾았다!'라고 소리를 쳤어요. 곧 세계가 멸망할 거다! 넌 그 세계를 구할 초능력자다!"

"잠깐, 잠깐만. 그거, 조남정 작가 소설에 나온 이야기 아니에요? 우리 앤솔러지에 실린 조남정 작가 소설이 종말을 예언하는 초능력자물 아니었나? 그 초능력자 이름이 차거사이었고?"

"그 차거사가 실존한단 말입니다!"

"대체 무슨 소리야, 알아듣지 못하겠네. 그런 소리 할 거면 집 가세요. 저녁이고 나발이고 필요 없어. 먹은 걸로 칩시다."

해환은 한참 진지하게 들은 자신이 짜증이 났다. 처음엔 살짝 떨리는 기분도 있었다. 이런 식으로 고백한 남자는 처음이었으니까. 하지만 알고 보니 몽땅 소설 이야기다. 것도 해환이 아닌, 남이 쓴 소설 이야기.

해환은 짜증을 내며 먼저 망원시장으로 발을 옮겼다.

"말귀를 알아듣지 못하는 건 윤 작가님이라니까."

동구가 또 옆을 따라붙었다.

"우리는 사귀어야 한다니까? 그리고 이 과정을 몽땅 당신이 소설로 적어야 한다니까. 그래야 세계가 멸망하지 않는다고."

"아, 그래요. 알았어요. 차거사가 실존한다고 치고, 내가 왜 그래야 하는데?"

"그럼, 지구 멸망해도 돼?"

"그러니까, 지구가 멸망한다는 그 대전제가 허구의 인물에서 나왔다고 하는데 내가 왜 그걸 진지하게…."

"앗!"

"이 상황에 뭐가 앗! 입니까."

"떡볶이다!"

동구가 해환의 팔을 잡고 끌었다. 해환은 어어? 소리를 내면서 망원시장 안의 한 분식점으로 끌려 들어갔다.

"윤 작가님 SNS에 나온 집 맞죠, 여기?"

"제 SNS 다 봤어요? 홍 아나운서님 그렇게 할 일 없어요?"

"작가님 늘 시키는 게 떡볶이에 오튀김밥 맞죠? 그렇게 시키고 올게요."

"와, 자기 할 말만 하네. 세상에."

해환이 짜증을 내는 사이 이미 동구는 밖으로 나갔다. 평소엔 사람들로 북적이는 분식점이 오늘따라 어쩐지 사람이 없었던 덕에, 밖에 나가 주문하자마자 바로 떡볶이가 나왔다.

"다시 본론으로 돌아가죠."

해환은 떡볶이는 거들떠도 보지 않고 말했다.

"그러니까 당신의 주장은, 소설에 나오는 차거사를 실제로 만났고 그 차거사가 당신이랑 내가 사귀고, 그 과정을 내가 소설로 써야 세계가 멸망하지 않는다고 했다고요?"

"맞아요."

"일단 이야기 전개상 대전제를 인정해드리겠어요. 그렇다면 그 대전제하에 어떻게 그런 일이 가능한지 체계를 설명해보겠어요? 초등학교 5학년도 알아들을 수 있도록?"

"누가 추리소설가 아니랄까 봐 굉장히 논리적이네. 까짓것, 해보죠."

동구가 떡볶이를 우물거리며 말했다.

"우리가 사는 세계가 예를 들어 지금 아저씨가 만드는 오징어튀김이라고 칩시다."

동구가 젓가락으로 문밖을 가리켰다. 해환은 몸을 돌

려 흘깃 끓는 기름에 들어가는 오징어튀김을 봤다.

"기름 솥에 튀겨져 나오면 단지 오징어튀김일 뿐이에요. 하지만 이 오징어튀김이 김밥의 속재료로 쓰이면 그건 오튀김밥이라는 새로운 이름을 얻게 되죠. 차거사는 이 세계가 오튀김밥과 마찬가지라고 이야기했어요."

오튀김밥이 테이블에 놓였다. 동구는 오튀김밥 하나를 젓가락으로 들어 해환의 눈앞에 갖다 보이며 말을 이었다.

"우리가 사는 세계는 오징어튀김입니다. 그리고 윤 작가가 쓰는 세계는 그런 오징어튀김을 넣고 만든 김밥, 즉 오튀김밥이라는 새로운 세계인 겁니다."

동구는 오튀김밥을 입에 넣고 우물거렸다.

해환은 팔짱을 낀 채 그런 동구의 입을 가만히 노려보다가 입을 열었다.

"그러니까 나를 주인공으로 한 세계를 적어봐라. 그러면 이 세계가 종말을 맞더라도 내 소설 속 세계는 현존한다는 이야기를 하려는 거죠?"

"적확합니다."

"클리셰네."

"엥, 클리셰?"

"내가 이 이론의 헛점을 지적해드리죠. 일단 첫 번째, 만약 내게 그런 힘이 있다면 왜 당신과 연애를 하고, 그

연애하는 이야기를 소설로 적어야 하죠? 그냥 내 평소 생활을 소설로 적어도 충분할 텐데요."

"처음에 말했잖아요."

"너무 말을 많이 해서 이야기의 어디가 처음인지 모르겠는데요."

"소년과 소녀가 세계를 구원한다가 처음입니다."

"그렇다고 치고."

"오튀김밥. 오튀김밥을 오튀김밥이게 하는 건 뭐랬죠?"

"오징어튀김이죠."

"베이스가 김밥인 건 잊지 마시고."

"그래서요."

"나와 당신의 연애가 오징어튀김이고, 작가님이 김밥이다 이겁니다."

"네?"

"우리 연애 이야기를 써야만 소설에 초능력이 생긴다, 이 말이라고요. 그러니까 나랑 사귀자, 이거지."

"…저기요."

"네?"

"남자랑 여자랑 그렇게 쉽게 만나 잘 사귈 수 있다면 대체 지금껏 왜 그렇게 많은 독신남녀가 커플이 되지 못한 걸지, 생각을 좀 해보겠어요?"

"그게 무슨 뜻이죠, 윤 작가님?"

"나도, 눈이, 있다는 뜻입니다. 당신은 내 스타일 아님."

"에이, 말도 안 되는 거라고 본다."

"뭐가요?"

"나 잘생겼잖아. 직업도 좋고. 집도 좋고. 로맨스 소설로 치면 백마 탄 왕자님 캐릭터 아닌가?"

"제가 취향이 좀 특이해서요."

"아, 그러지 말고 지구를 구하기 위해서라도 연애 한번 합시다, 네?"

"아오, 진짜."

이 말에 해환은 말 그대로 뚜껑이 열려버렸다.

"내 맘대로 연애도 못 하는 지구 따위 멸망해도 괜찮을 것 같은데요."

해환은 지갑에서 돈을 꺼내 테이블에 내려놓았다.

"여기 5천 원 주고 갈 테니까 나머지는 알아서 계산하시고요. 앞으로 엔간해서는 안 봤으면 좋겠네요, 오튀 씨."

해환은 분식점을 나섰다. 말 그대로 머리에서 불이 나서 씩씩거리며 전철역까지 달리듯 걸어갔다. 호주머니의 교통카드를 꺼내 태그한 후 안에 들어갔다. 예상치 못한 언쟁을 예상치 못한 상대와 한참 벌였더니 피곤했다. 전철에 타자마자 곯아떨어졌다. 정신을 차려보니 7호선 환승역인 태릉입구였다. 해환은 하품을 길게 하며 나와 상봉역 방향 7호선을 갈아탔다. 상봉역에 도착해보니 벌써 한 시간이 훌쩍 지나 있었다. 꾸벅꾸벅 졸며 경춘선에 올라탔다가 또 한 번 푹 잠드는 바람에, 본래 내려야 할 금곡역이 아닌 평내호평역에서 내리는 바람에, 버스를 탔다가 또 졸았다.

그렇게 집에 돌아왔을 때엔 밤 10시, 해환은 씻지도 않고 잠이 들었다. 그래서 자신의 거대한 분실물을 깨닫지 못했다.

해환은 자주 넋이 나간다. 특히 책을 보거나 글을 쓰느라 집중할 때면 매일 쓰는 물건을 찾지 못한다. 예를 들어 안경이 그랬다. 해환은 글을 쓸 때나 책을 읽을 때면 안경을 썼다. 그러다 보니 늘 이 안경을 벗어놓고 찾지 못했다. 가끔 안경은 냉장고 안이나 화장실 세면대 위, 혹은 개집에서 나타났다. 전철을 탈 때면 자주 교통카드를 잃어버렸다. 책을 읽다가 멍청히 있다 보면 가방이 열려 있는 일이 잦았고, 대부분의 경우 해환은 주변 사람들 덕분에 위기를 모면했다.

남양주로 이사한 후 해환은 시골 인심이 뭔지 알았다. 버스건 경춘선이건 길거리건 사람들은 친절했다. 서울에 살 때엔 단 한 번도 양보받지 못해본 자리를 몇 번이고 양보받았다. 피곤해 보이면 가방을 들어줬고, 가방이 열린 채로 돌아다니거나 핸드폰이 떨어지면 당연하다는 듯 주변에서 알려주었다. 그래서 해환은 그토록 자주 책을 읽다가 물건을 놓고 내리는데도 불구하고 단 한 번도 정말 분실한 적이 없었다. 적어도 어제까지는 말이다.

해환은 매일 커다란 백팩을 메고 출퇴근을 한다. 그 안에는 비상시에 쓸 화장품이라던가 책 몇 권에 메모장, 지갑에 가끔은 갖은 계약서가 들어 있었기에 늘 무거웠다. 평균 3킬로그램 이상, 책이 많은 날엔 5킬로그램도 훌쩍 넘는 이 가방을 까먹는 건 거의 불가능에 가까웠건만 어제 해환은 이 가방을 잃어버리고 말았다.

대체 언제 어디서 놓고 내렸단 말인가. 무슨 생각으로 책이랑 핸드폰, 교통카드만 갖고 집에 돌아왔단 말인가. 이상하게 어깨가 가볍다는 기분이 들기는 했다. 하지만 그게 설마 분실물이 있어서라고는, 매일 당연하다는 듯 메고 다니는 가방이 없어서라고는, 상상하지 못했다. 해환은 망연자실했다. 춘천역까지 찾아가야 하는 건지, 신용카드 분실 신고를 해야 하는 건지, 순서를 한참 따지다가 진짜 문제는 따로 있다는 사실을 깨달았다.

아차, 카페 열쇠.

가게 열쇠가 가방 안에 있었다. 이게 없으면 문을 열 수가 없다!

해환은 눈앞이 캄캄해져서 핸드폰을 들었다. 홈즈 사장에게 이실직고를 하기 위해 전화를 하려는 순간, 사장에게 전화가 걸려왔다.

어떻게 이렇게 동시에?

─사장님!

─작가님!

사장과 해환은 거의 동시에 서로를 부르짖었다. 그리고 다음 순간 다시 한번 동시에 말하고 말았다.

─작가님 가방이 카페에 왔는데요!

─제가 가방을 잃어버렸습니다!

─네?

─네?

이게 무슨 소린가 싶어 일단 해환은 입을 다물었다. 사장의 말을 경청했다. 어떤 친절한 손님이 해환의 가방을 우연히 발견해서 아침 일찍 카페 홈즈로 들고 왔다. 일찍 열고 준비를 하려던 사장님이 만나서 일단 안에 들이고 해환을 기다리고 있다.

그렇게 고마운 사람이 있다니!

해환은 대충 몸단장을 하고 바로 집을 나섰다. 있는 대로 서둘렀지만 해환의 집은 남양주, 최단 코스로 가도 한 시간 반이 훌쩍 넘게 걸렸다. 경춘선을 타고, 상봉역에서 내리고, 서울 지하철을 갈아타면서 해환은 발을 동동 굴렀다. 은인이 이대로 가버릴까 봐, 해환을 기다리지 않고 그대로 가면 어쩌나, 하고. 어렸을 때부터 이랬다. 누군가에게 무언가를 받으면 그만큼, 혹은 그 이상을 해줘야 마음이 편했다.

이런 해환에게 20년 지기 K는 조언했다.

그 성격을 고치면 연애할지도 모르겠네. 연애는 빚을 좀 져야 할 수 있는 거 아닌가.

빚을 지고, 또 져서 계속해서 서로의 관계를 이어가는 게 연애라고 K는 말했다. 그런 K 역시 빚질 상대가 없어 여전히 연애를 못 하고 있다는 점에서는 해환과 마찬가지였지만서도.

마침내 카페 홈즈가 있는 6호선 망원역에 도착했다. 해환은 거의 한달음에 달리다시피 해 카페 홈즈에 도착했다. 그리고 안에 들어가려는데, 경적 소리가 났다.

"어이, 윤 작가님!"

해환은 사람의 얼굴을 잘 알아보지 못한다. 하지만 이 남자는 한눈에 알아볼 수 있었다. 어제 해환에게 종말을 핑계로 수작을 건 그 남자 홍동구였다. 그래서 해환은 동구와 눈을 마주쳤지만, 알아봤지만, 아는 체하지 않았다. 못 알아봐도 안면인식장애라는 변명거리가 있으니까. 모른 척 문을 닫고 안으로 들어갔다. 동구는 따라오지 않았다. 물론 따라와 아는 척을 한다고 해서 받아줄 해환도 아니었다. 2층, 현관문을 열고 안에 들어가자 평소와 마찬가지의 고즈넉한 분위기가 해환을 반겼다. 해환은 "안녕하세요" 하고 사장님께 인사를 하며 주변을 두리번거렸다. 아무도 없었다. 해환에게 가방을 찾아다 줬다는 문제의 은인은 보이지 않았다. 대신 해환이 늘 앉는 사장님과 마주 보는 테이블 위에 예의 백팩이 놓여 있을 뿐이었다.

벌써 갔나. 고작 한 시간 반도 못 기다리고.

해환이 허탈한 기분에 멍청히 가방을 노려보자니 사장이 말했다.

"만나셨어요?"

사장은 왠지 웃고 있었다.

"그분, 아래서 기다린다고 하셨는데."

아래? 아래?

그 말에 해환은 다시 현관문을 나섰다. 뛰듯이 계단을 내려가 현관문을 열었다. 주변을 두리번거렸다.

"오, 윤 작가님!"

그리고 발견한 것은 동구였다. 해환은 눈살을 찌푸리

며 주변을 두리번거렸다. 누가 또 있나? 저 남자 말고 누가 또?

아.

바로 옆, 한의원 앞에 해환 또래의 여자가 서 있었다. 해환은 문제의 여자에게 다가갔다. 가방을 돌려줘서 고맙다고 말을 걸려는 순간, 뒤에서 사장의 목소리가 났다.

"작가님, 어디 가요?"

응?

해환은 고개를 돌렸다. 그랬다가 사장의 손가락이 가리키는 인물을 발견했다.

동구였다.

사장은 약국 앞에 차를 댄 동구를 가리키며 해환에게 말하고 있었다.

"이분이 작가님 가방의 은인."

그제야 해환은 무슨 일이 일어났는가 깨달을 수 있었다. 가방을 잃어버린 곳은 전철도, 경춘선도 아니다. 망원시장 분식점이다. 해환은 그곳에서 동구와 언쟁을 벌이다가 열을 받아 가방을 까먹고 나와버렸다.

지금껏 해환에게 연애를 하자고 말을 건 남자는 많았다. 하지만 그 누구도 해환에게 소설을 들먹이며 연애를 하자고 한 사람은 없었다. 그래서 어제 해환은 화가 났다.

가장 중요한 책과 지갑과 핸드폰만 챙겨서 분식점을 나섰다. 동구가 그 가방을 챙겼다. 해환의 집을 알지 못하니까 다음 날 아침 일찍 카페 홈즈로 다시 찾아왔다.

"홍오뤼 씨."

해환은 길게 한숨을 쉬며 말했다.

"네, 윤김밥 씨."

동구는 해환의 말을 맞받으며 싱글벙글했다. 해환을 마주 보고 섰다. 해환은 그런 동구를 올려다보며 웃었다.

"처음이군요."

"이렇게 멋진 남자는?"

"아뇨, 가방을 까먹고 내리게 할 만큼 날 열받게 한 오뤼는 홍오뤼 씨가 처음이라고요."

"그래서, 나랑 사귀는 겁니까?"

"왜 이야기가 그렇게 번지죠?"

"로맨스 소설에서 보면 꼭 그런 멘트 하고 사귀던데."

"사귀는 건 모르겠고, 오늘은 제대로 떡볶이를 먹기로 하죠."

"좋아요. 기다리죠."

찰칵.

그때, 옆에서 묘한 소리가 났다.

해환은 이게 무슨 소린가 하고 고개를 돌려 보니 카페

멸망하는 세계, 망설이는 여자

홈즈 사장이 양손에 핸드폰을 들고 싱글벙글 웃고 있었다.

"뭔가, 역사적인 상황을 목격한 것 같아서 말이죠."

"역사적인 상황 맞습니다."

동구는 그 말에 으쓱거리며 말했다.

"닐 암스트롱의 한 발자국만큼 역사적인 상황이죠. 이 만남은 인류의 위대한 도약이 될 것이다."

물론 해환은 코웃음을 쳤다.

"웃기고 자빠졌네."

이날, 가방을 찾고 함께 떡볶이를 먹은 후 스스럼이 없어졌다.

생각해보면 해환은 모든 사람들과 그랬다. 처음엔 경계가 심하지만 어떤 계기로 편해지면 일단 자기 사람으로 받아들였다. 그 후로는 아무렇지 않게 대할 수 있었다. 동구 역시 그랬다. 단 한 가지, 그놈의 종말 타령만 빼고는 괜찮은 남자였다.

너무나 진지한 표정으로 종말을 논하며 자신과 사귀자는 동구, 매일같이 잘 놀다가도 마지막 헤어질 때면 그래서 자신과 이제 사귈 거냐고 묻는 동구, 해환은 그 질문을 받을 때마다 조금 마음이 움직였다가도 화가 버럭 났다. 해환은 자신이 좋아서 사귀자는 말을 듣고 싶었다.

그런데 동구는 늘 핑계를 댔다. 종말, 그놈의 종말 탓에 사귀자고. 해환은 그 말을 들을 때마다 되묻고 싶었다. 종말이 아니었으면 나랑 안 사귈 거야?

결국 그날이 왔다. 겨울이었다. 크리스마스이브의 고백을 무사히 넘기고 발렌타인데이의 고백을 대비하던 즈음이었으니 1월의 일이었을 게다. 종말이 당연하다는 듯 덧붙긴 했지만 크리스마스이브 고백에 이어 새해 첫날 00시 고백을 받고 나자 꿈쩍도 안 하던 해환의 마음이 조금 더 움직였다.

객관적으로 볼 때에 동구는 괜찮은 남자였다. 아니, 정확히 말하자면 해환에겐 과한 상대였다. 해환은 동구가 얼마나 괜찮은 남자인지 그 사실을 우연히 잡지에서 발견했다.

그해 1월, 해환이 칼럼을 게재하는 잡지에 동구의 인터뷰가 실렸다. 해환은 우연히 이 인터뷰를 봤다가 깜짝 놀랐다. 38세 아나운서 홍동구. 아버지는 모 대기업 이사, 어머니는 한복 디자이너. 집은 한남동에 있다. 3개국어를 하고, 국내 최고 대학을 나온 후 미국에서 MBA를 밟았다. 최종 학력은 박사. 해환은 이 이력을 본 후 동구가 몰고 다니던 차가 아우디란 사실을 떠올렸다. 더불어 자연스레 자기 자신을 들여다볼 수 밖에 없었다. 윤해환.

40세 여자. 최종 학력 고졸. 바리스타 20년 차. 그나마도 지난 12월로 근무 종료. 현재는 프리랜서로 활동 중. 남양주의 아파트를 구입해 살고 있지만 대출금이 1억이 넘게 남아 있고, 현재 수입과 저축은 한없이 제로에 수렴한다… 안 어울린다. 정말 안 어울리는 한 쌍이다.

그래서 해환은 그 질문이 목구멍까지 차오르고 말았다.

동구는 왜 내가 좋을까. 이런 조건이라면 괜찮은 여자, 아니 끝내주는 여자가 주변에 많을 텐데 왜 하필 나였을까.

역시 종말 탓일까.

문제의 종말 문자가 아니었어도 내게 저렇게 사귀자고 했을까.

해환은 핸드폰을 손에 들었다. 그날 아침 7시에도 도착한 종말 경고 문자를 들여다봤다. 경고 문자는 하루에 한 번 오전 7시마다 꼬박꼬박 카운트다운을 하고 있었다.

이 종말 문자를 진지하게 받아들이는 남자 홍동구. 그에게 해환과의 연애는 얼마나 간절한 것일지, 해환은 새삼 궁금해졌다.

해환은 한참 쓰던 원고를 멈추고 컴퓨터 앞에서 일어났다. 베란다로 나가 밖을 내다봤다. 눈이 내리고 있었다. 새하얀 눈이 쌓여가는 집 앞 풍경을 바라보자면 종말은 아무리 생각해도 남의 일 같았다. 종말은 오지 않는다. 올 리가 없다. 동구는 어떨까. 결국 내가 사귀자는 말을 오케이한다면, 그렇게 우리가 사귀게 되었다가 이 종말 문자의 경고가 끝나는 날, 지구가 멸망하지 않는다면 우리는 어떻게 될까. 그때도 우리는 사귀고 있을까. 시선을 베란다에 고정한 채 전화를 들었다. 동구에게 전화를 걸어 시간될 때 신당동에서 만나 떡볶이를 먹자고 청했다. 동구는 흔쾌히 응했다. 인터뷰가 잡혀 당장 오늘은 안 되고, 내일 저녁에 스케줄을 빼겠다고 이야기했다.

약속한 다음 날도 눈이 내렸다.

평소 같으면 해환은 동구와 만날 때 설레거나 하는 일이 없다. 먼저 가서 기다리는 일도 없다. 하지만 이날 해환은 달랐다. 크리스마스이브에도 새해 전야에도 검은 롱패딩에 기모바지를 입고 나갔다. 화장도 하지 않았다. 그런데 이날 해환은 모직 코트를 입었다. 치마를 입고 구두를 신었다.

오늘, 결정을 내릴 셈이었다.

동구도 해환의 변화를 눈치챈 것 같았다. 평소처럼 히죽거리며 나타난 동구는 해환을 보고 잠깐 놀란 표정을 지었다. 평소처럼 장난을 치지 않고 당황한 표정을 짓다가 즉석떡볶이집에 들어갔다. 동구는 떡볶이를 주문한 후에도 아무 말도 안 하고 멍청히 앉아 있었다. 그러다가

멸망하는 세계, 망설이는 여자

적당히 끓었을 무렵, 해환이 입을 열었다.

"있잖아, 홍오튀 씨."

"응, 윤김밥 씨."

동구는 평소처럼 반응하긴 했지만 약간 긴장한 표정이었다.

"종말이 안 오면 나랑 사귀자고 안 했을 거야?"

이 말을 하는 순간, 해환의 가슴은 눈앞에서 끓는 즉석떡볶이보다 더 두근거리고 있었다.

동구는 해환의 말에 잠시 멍청한 표정을 짓더니 수저를 들었다. 괜히 즉석떡볶이를 이리저리 뒤집는가 싶더니 한참 뜸을 들이다가 말했다.

"가능성이 높지. 아무래도 내 스타일은 아니거든."

이 순간, 해환의 가슴에 차가운 뭔가가 꽂히는 듯한 느낌이 났다. 3년이 지난 지금도 해환은 이때의 그것이 무엇이었는지 알지 못한다. 하지만 그것을 단어로 표현하자면 딱 하나밖에 없다는 사실은 잘 알았다. 시리다.

해환은 티를 내지 않고 계속 물었다.

"그럼, 오튀 씨 스타일이 뭔데?"

"좀 더 착하고, 좀 더 키가 작고, 좀 더 귀엽고, 좀 더 얼굴이 하얗고, 좀 더 귀여운 여자. 아 그리고 일단 3개국어 정도 하고. 일어 중국어 영어는 기본 아닌가?"

"저기."

"응?"

"귀여운 게 두 번 들어갔어."

"아아, 내가 귀여운 걸 좀 많이 좋아해."

"그런데 난 안 귀엽다."

"그렇지."

"그런데 종말을 막으려면 사귄다."

"응."

"그럼 만약에, 아주 만약에 말인데…."

"응?"

"우리가 사귀지 않아도 종말이 오지 않는다면, 그 후에 내가 사귀겠다고 한다면, 나랑 사귈 거야?"

"그건 불가능한 대전제야. 지구는 멸망해. 윤김밥 씨 생일에 멸망하는 걸로 정해졌어."

"그러니까 어디까지나 만약에."

"만약은 없어."

역시 이 질문으로는 이야기가 전개되지 않는다.

"알았어, 그럼 질문을 바꿀게."

해환은 동구의 말에 길게 한숨을 내쉬었다. 잠시 고민하다가 떡볶이로 젓가락을 뻗어 꾹꾹 누르며 다시 물었다.

"홍동구 씨랑 내가 사귀고, 그 내용을 소설로 적으면

세계가 멸망하지 않는댔지."

해환은 호칭을 바꿨다.

"하지만 홍동구 씨는 내가 좋지 않아. 그리고 나도 홍동구 씨가 좋지 않아. 홍동구 씨는 단지 종말 때문에 나랑 사귀려고 하는 거잖아. 그렇다면 말이야, 이런 우리가 사귄다고 하더라도 서로 사랑하지 않는다면, 소설의 내용은 사랑하지 않는 두 사람의 연애가 될 거야. 그래도 그 소설이 현실로 이뤄진다면 지구의 종말은 오지 않겠지."

"윤해환 씨는 날 좋아하지 않는다고."

동구 역시 호칭을 바꾸었다.

"단지 종말을 막기 위해 우리는 사귈 수도 있다고."

"그리고 지구가 종말하지 않는다면 우리는 다시 헤어지게 될 수도 있다는 거지."

"애초에 날 좋아한 적이 없으니까."

"맞아."

"왜. 넌."

동구는 뭔가 말하려다가 다시 입을 다물었다. 잔뜩 하고 싶은 말이 있는 표정으로 해환을 바라보다가 자리에서 일어났다.

"미안한데, 나 갈게. 중요한 약속이 있었는데 까먹고 있었네."

"그래."

해환은 동구를 말리지 않았다. 떡볶이집을 나서는 동구의 뒷모습 뒤로도 눈은 내리고 있었다. 해환은 그 뒷모습을 배경으로 팔팔 끓는 떡볶이의 사진을 찍었다. SNS에 바로 올리려고 했는데 그럴 수 없었다.

눈물이 났다.

방금 전 동구가 한 말이 자꾸 가슴이 아파서, 시려서, 해환은 아무 말도 할 수 없었다. 떡볶이집을 나서는 해환은 추웠다. 패딩을 입었어야 했다고, 치마 말고 바지를 입어야 했다고 생각하며 남은 떡볶이는 포장해서 떡볶이집을 나섰다.

그리고 한 달. 이날 먹지 못한 떡볶이를 혼자 집에서 야금야금 다 먹을 동안 동구는 연락이 없었다. 아니, 그 정도가 아니었다. 홍동구는 잠수를 타버렸다. 진행하던 텔레비전 프로그램도 라디오 DJ도 인터뷰도 모두 펑크가 났다. 해환이 이 사실을 안 건 신문 기사를 통해서였다.

충격! 홍동구 공황장애. 모든 방송 하차.

해환은 이 기사를 한 포털사이트 메인에서 발견했다.

핸드폰을 손에 들고 연락을 해볼까 잠시 망설이다가 다시 내려놓았다. 차라리 잘됐다. 이렇게 정신을 차린다면, 종말 타령 같은 것 그만두고 본래의 삶으로 돌아간다면, 동구가 좋아한다는 그런 귀여운 여자를 만난다면 그것만으로 충분할 것 같았다. 그리고 나는. 나는… 해환은 또 눈물이 났다. 이유는 알 수 없었다. 어쩌면 그 이유는 테이블 옆에 둔 포장한 초콜릿 탓일 수도 있었다.

발렌타인데이, 동구에게 주려고 했던 초콜릿.

이걸 줄 일은 이제 없으리라.

해환은 초콜릿의 포장을 뜯었다. 한 알, 두 알 초콜릿을 먹으며 매운 걸 먹고 싶다고 생각했다. 그래서 이날 또 떡볶이를 먹고 말았다.

동구는 반년 후 방송에 복귀했다. 해환에게 연락은 없었다. 아무 일 없었다는 듯 방송을 하는 동구를 해환은 가끔 인터넷 다시 보기로 들여다봤다.

그렇게 끝이 났다. 동구는 해환을 포기했다.

1년 전, 7월 18일 나사가 혜성 충돌을 전격 발표한 그날까지만 해도 해환은 모든 게 끝이 났다고 생각하고 있었다.

나사의 발표.

혜성 충돌과 지구의 멸망.

사람들은 하나같이 문제의 종말 예고 문자를 농담으로 치부했다. 하지만 사실이었다. 종말이 실제로 이뤄질 거라는 사실을 깨닫고 나자 사람들은 달라졌다. 조남정의 소설에서 등장했던 차거사가 텔레비전에 등장하자 소동은 더 커졌다. 문제의 지구를 구할 수 있을지도 모르는 타임슬리퍼가 실존한다는 사실에 폭도들은 조남정의 집으로 몰려들었다. 초능력자의 본명을 밝히라고 조남정을 협박했다.

"그건 모두 거짓말이라고요! 소설이라고요!"

조남정은 당황해 말해봤지만 소용없었다. 이 소동은 문제의 차거사가 가짜라는 사실이 밝혀질 때까지 계속됐다. 이 과정에서 조남정은 행방불명이 됐다. 폭도에게 살해당했다는 소문도 있었고, 어딘가 몸을 피했다는 말도, 사실은 조남정이 타임슬리퍼였다는 소문도 있었지만 확실한 건 아무도 알지 못했다.

일련의 소동을 지켜본 해환이 가장 먼저 떠올린 건 동구였다. 텔레비전 방송은 24시간 특보 체제로 운영되고 있었다. 동구 역시 바빴다. 담담하게 뉴스를 내보내는 동구의 표정에서는 3년 전 해환에게 종말과 연애를 함께 논하던 실없는 웃음은 찾아볼 수 없었다.

그래서 해환은 궁금해졌다.

3년 전, 동구의 말은 사실이었다. 동구의 말대로 종말이 온다. 그렇다면 그가 만났다는 차거사는 실존했을까. 정말 동구와 해환이 종말을 막을 수 있을까.

혼란스러운 해환의 마음에 불을 지핀 건 카페 홈즈 사장의 연락이었다. 용건이 없으면 말을 시키는 법이 없는 카페 홈즈 사장에게 웬일로 메시지가 왔다.

— 작가님 뭐 해요.

나사의 혜성 충돌이 발표된 날, 일시적으로 각종 통신 장비가 불통 상태에 빠졌다가 이내 복구되었다. 이런 상황에서도, 아니 이런 상황에서 더더욱 사람들은 더 많은 메시지를 주고받고 있었다. 해환의 생각에 종말 마지막 날까지 통신은 살아 있을 것 같았다.

— 글 씁니다.

— 또?

— 네, 계약해둔 원고가 있으니깐요.

— 종말인데요?

— 계약은 계약이죠.

1년 전 계약한 원고들이 있었다. 종말이 온다고 해도 계약은 지켜야 한다는 게 해환의 신념이었다. 뭣보다, 카페에서 아르바이트를 그만두고 나자 글을 쓰거나 개 산

책을 나가는 것 정도밖에 할 일이 없었다. 저절로 일의 능률이 올라 가끔은 자신이 글 쓰는 로봇이 된 게 아닌가 생각이 들 정도였다.

— 그래서 작가님, 언제 카페 오실 거예요?

— 그러고 보니 사장님, 카페 운영은 괜찮습니까?

— 최악이죠. 하지만 이렇게 되니 마음이 편하네요. 세계의 종말까지 일단 카페 홈즈는 운영을 했으니깐요.

— 마지막 날까지 운영하시려고요?

— 그래야죠. 뭐 딱히 할 일도 없더라고요.

— 여행을 가신다던가.

— 네, 저도 고향에 가볼까 했는데 현재 교통이 마비 상태라네요. 전 세계 곳곳에서 사람들이 이동 중이래요. 그래서 포기했어요. 그 경고 문자대로 사과나무를 심는 기분으로 카페 운영이나.

카페 홈즈 사장의 메시지가 점점 길어지는 것을 보며, 해환은 카페 홈즈 사장도 꽤나 쓸쓸함을 느끼고 있는 게 아닐까 싶었다.

해환 역시 그랬다. 정식 발표 후 평소에 연락을 잘 하지 않던 친구들에게 일일이 전화를 걸었다. 친구들의 사정도 비슷했다. 특히 싸우고 어색하게 헤어진 사이일수록 연락이 자주 왔다. 누구랄 것 없이 서로의 입에서 사

멸망하는 세계, 망설이는 여자

과를 쏟아냈다. 그러고는 서로에게 말했다. 이렇게 끝나면 안 되는데, 우리.

— 내일 가보겠습니다.

해환은 전화 너머 홈즈 사장에게 말했다.

— 전철 파업이 시작되지 않으면 말이죠.

세계 곳곳에서 이동하는 사람들에 대한 기사에 더불어 세계 곳곳의 파업 소식이 들려오고 있었다. 우리나라에서도 곧 버스, 택시, 전철 등 각종 이동 수단이 모두 파업에 들어간다는 흉흉한 소문이 있었다.

— 무리하지는 마시고요. 저도 걸어서 이동하는 정도 외에는 거의 못 돌아다니고 있어요.

다음 날, 무사히 경춘선은 다니고 있었다. 그리고 카페 홈즈에 도착한 해환은 뜻밖의 인물과 재회했다.

홍동구.

지금 이 순간, 텔레비전에 얼굴이 나오고 있는 홍동구가 처음 만났던 그날 그때처럼 카페 홈즈 구석에 앉아 책을 읽고 있었다.

설마.

해환은 카페 홈즈 사장과 눈을 마주쳤다.

"매일 왔어요."

카페 홈즈 사장은 고개를 끄덕였다.

"나사의 정식 발표가 있었던 그날 이후, 매일 오고 계세요."

사장은 그렇게만 말했다. 뭔가 더 할 말이 있어 보였고, 해환은 그 말을 쉽사리 짐작할 수 있었다. 그건 아마도 이런 문장이었을 거다. 아마도 작가님을 기다리는 거겠죠.

"커피, 내가야 해요?"

"직접 하시겠어요?"

"오랜만이지만 한번 해보죠."

처음 동구를 만났던 그날 그때처럼 해환은 '이웃집 메그레'를 손에 들었다. 정확히 원두를 20그램을 재서 글라인더에 갈고, 뜨거운 물을 부어 한 잔의 커피를 만든 후 동구의 앞에 내갔다. 책을 보는 그의 앞에 놓은 후 마주 보고 앉았다. 동구는 처음 만난 그때처럼 입을 열지 않았다. 그저 묵묵히 책을 손에 들고 바라볼 뿐이었다. 대신 해환은 깨달았다. 이 남자의 얼굴을 완벽하게 외웠다는 사실을. 동구와 떡볶이집에서 그렇게 헤어진 후, 단 한 번도 이 남자의 얼굴을 잊지 않았음을.

동구가 손을 뻗었다. '이웃집 메그레'를 향하는가 싶었던 그 손은, 커피잔을 넘어 해환의 깍지 낀 양손 위로 다가왔다. 해환의 손 위에 자신의 손을 포개었다. 아무 말

멸망하는 세계, 망설이는 여자

도 안 하고 그저 그렇게 손을 올려놓고, 책으로 얼굴을 가린 채 어깨를 살짝 들썩였다. 그건 해환도 마찬가지였다. 해환은 어깨를 가늘게 떨고 있었다. 해환에게도 책이 필요했다. 동구처럼 얼굴을 가릴 책이, 금방이라도 떨어질 것 같은 눈물을 가릴 책이.

찰칵.

이 순간, 그 소리가 났다.

고개를 돌려 보니 카페 홈즈 사장이 옆에 서서 핸드폰을 들고 있었다. 슬며시 웃으며 사진을 찍더니 말했다.

"이 순간을 인류의 위대한 도약으로 남겨놓겠습니다."

그 말에 해환은 긴장이 풀렸다. 피식 웃고 말았다. 동구 역시 책을 내려놓더니 언제 그랬냐는 듯 새침한 표정을 지었다. 몸을 돌려 해환과 마주 보고, 다른 한쪽 손도 겹치더니 어렵사리 입을 열어 말했다.

"잘 지냈어?"

"뭐, 대충."

"나는 잘 못 지냈어."

"텔레비전으로 보면 아주 좋아 보이던데."

"거짓말이었어."

"뭐가."

"처음부터 전부 다. 나 종말 같은 거, 믿은 적 한 번도 없어. 그러니까 나는, 사실, 정말, 널."

　동구는 그러고 잠시 입을 다물었다. 해환의 손 위로 겹쳐
쥔 손은 가만히 두고 있다가 가까스로 입을 열어 말했다.

　"좋아해. 처음 널 봤을 때부터 그냥 좋았어. 이유는 모르
겠어. 그냥 좋았어. 그날, 네가 세 단어 이상 말하라고 했
을 때 지은 표정, 그것도 좋았어. 그러고 다시 책을 읽는
것도 좋았어. 다른 출연자들이 분장을 하느라 바쁠 때에
도 책에 집중한 표정이 좋았어. 헤어지고 나서 자꾸 네 생
각이 났어. 어떻게든 널 만나러 가고 싶은데, 카페 홈즈에
서 일한다는 건 알았으니까 찾아가는 것까진 좋았는데,
무슨 이야기를 해야 할지 몰랐어. 그날, 네가 내 앞에 커피
를 내왔을 때 떨렸어. 뭔가 말을 걸어야 하는데, 어떻게든
해야 하는데, 그래서 어떻게든 말을 해서 같이 저녁을 먹
기로는 했는데 네가 너무 싫어하는 게 티가 나서, 나는 이
야깃거리가 필요해서, 어떻게든 이야기를 해서 너를 잡
아두고 싶어서 그래서, 그래서 횡설수설하다가, 지금처
럼 횡설수설. 그러다가 결국 종말 이야기를 꺼냈어. 그랬
더니 네가 그렇게 화를 내는데, 그게 또 귀여워서. 재미있
어서. 게다가 화가 나서 가방을 두고 가다니 너무 웃겨서
나는 그래서 또 다음 날도 종말 이야기를 하고, 너는 종말
이야기를 할 때마다 파드득 화를 내고, 그러면서 득달같

이 달려들고, 나는 그게 너무 재밌어서, 너무 재밌어서 계속 종말을 핑계로 댄 건데 설마 네가 그렇게 진지하게 받아들일 줄은 몰라서. 나는 정말 몰라서, 종말을 핑계로 널 좋아하는 거냐고 묻는데 머릿속이 새하얘져서, 그래도 날 좋아하지 않을 거라고 하자 나는 혼란스러워서, 나는, 나는… 그래봤자 종말이 오지 않는데 그러면 결국 넌 종말이 오지 않으면 나랑 헤어질 텐데 나는, 어떻게 해야 할지 몰라서, 몰라서…."

동구는 한참 횡설수설했다. 그러면서도 해환의 양손을 쥔 손은 놓지 않았다. 오히려 점점 더 꽉 쥐었다. 이대로 손을 놓았다가는 해환이 떠나갈까 봐 두려워하듯, 마침내는 덜덜 떨기까지 했다. 해환은 그런 동구의 말을 끝까지 들어주었다. 원 없이 이야기하기를 기다리며, 그 길고 긴 고백을 들어주며 해환은 그저 그렇게 있었다.

그 후, 동구와 해환은 예전처럼 만났다. 같이 떡볶이를 먹고, 웃고 떠들고, 하지만 동구는 예전처럼 사귀자는 말은 하지 않았다. 손을 잡은 것도 그날이 끝이었다. 가끔 손을 잡고 싶은 듯 해환과 몸을 살짝 부딪치는 일은 있었다. 하지만 손을 뻗지는 않았다. 그렇다고 해환이 먼저 손을 뻗어주지도 못했다. 해환은 알았다. 동구가 지금 이 순간 원하는 것이 자신과 손을 맞잡는 것임을, 그 행위를 통해 해환에게 받아들여지는 것임을 분명히 알았는데도 해환은 망설이고 있었다. 이 망설임이 설마 종말 5일 전까지 계속될 줄은 둘 중 누구도 예상하지 못했다.

해환은 길게 한숨을 내쉬었다. 눈앞의 화면을 들여다보다가 문장을 이어 적었다.

세계의 멸망이 나의 소설에 달렸다. 나의 소설이 정말 하나의 세계라면, 이야기가 세계를 구원할 수 있다면, 나는 망설이지 않고 소설을 적을 셈이다. 하지만 이것은 소설이지만 소설이 아니다. 이것은 나의 이야기다. 내가 누군가를 만나는 이야기. 하지만 결코 사귀는 일도, 헤어지지도 않는 이야기. 시작하지 않았기에 결코 끝나지 않을 그런 이야기. 나는 지금부터 그런 이야기를 하려고 한다.

그리고 해환은 잠시 망설이다가 소설의 제목을 바꿨다. 종말의 유예라고.

이 순간에도 해환의 핸드폰은 울리고 있었다. 해환은 그게 누군지 알았다. 아마도 동구이리라. 오늘도 해환은 동구를 만날 것이다. 둘은 결코 손을 잡지 못하고 시답

잖은 장난을 치다가 떡볶이집에 갈 것이다. 그리고 서로를 놀리다가 가끔 눈이 마주치면 떨기도 하다가 어쩌면, 아주 좋으면 손을 잡을 것이다. 그리고 그렇게 둘은 종말 4일 전 어쩌면, 종말과 전혀 관련 없이 사랑하리라.

방주의
아이들

신원섭

0

방주호의 원래 이름을 기억하는 이는 거의 없었다. 전장 2킬로미터, 전고 400미터에 달하는 항성 간 이주선. 성대한 진수식 이후에 사람들은 그 전무후무한 우주선에 각자의 모국어로 희망을 뜻하는 이름을 붙였다. 새로운 세계, 새로운 기회.

진실이 밝혀진 것은 그로부터 1년 뒤였다. 아마추어 천문가들이 지구를 향해 날아오는 한 무리의 운석을 발견했고, 그에 대해 각국 정부는 긍정도 부정도 하지 않았다. 사람들은 그제야 깨달았다. 이주선의 정체가 실은 피난선이었다는 것을.

각국에서 선발된 1만여 명의 시민들이 피난선에 올랐다. 지상에서는 종말이 임박했다는 흉흉한 소문과 함께 폭동과 소요 사태가 끊이지 않았다.

방주호는 지구가 당면한 골치 아픈 문제들을 외면하고 위대한 여정을 시작했다. 새로운 세상을 향해 떠나는 이들이 대부분 그러하듯, 방주호의 시민들 역시 처음에는 미래에 대한 희망으로 들떴다.

방주가 목성 궤도를 지날 무렵 운석이 지구를 강타했다. 현창을 통해 불길한 섬광을 바라본 많은 사람들이 화염과 연기를, 죽음과 종말을 떠올렸다. 살아남았다는 안도감과 더불어 돌아갈 곳이 없다는 두려움이 악취처럼 번져나갔다.

그 뒤로 지구가 어떻게 되었는지는 아무도 모른다. 방주는 사라져버린 고향을 뒤로한 채 앞으로 나아갈 뿐이었다.

그리고 70년이 흘렀다.

1

멀리서 들려오는 희미한 경보, 날카로운 쇳소리. 냉동 수면 상태의 승조원을 깨우기 위한 신호음이다. 미리나리니는 소리에 집중하며 손가락 끝을 움직여보았다. 굳어 있던 신경이 움찔움찔 되살아나는 기분이었다.

눈을 뜨고 주위를 둘러보았다. 시야 바깥쪽 경계가 희뿌옇게 번져 보였다. 성에 긴 아크릴 덮개 너머로 어두운 복도가 눈에 들어왔다. 유도등을 따라 포도송이처럼 매달린 냉동 캡슐들. 어둠 속에서 은은한 초록빛을 발하는 수면동은 불 꺼진 샹들리에 같았다.

미리나리니는 동면캡슐 밖으로 발을 내디디며 기지개를 켰다. 사실 그녀의 육체에 기지개는 필요 없었다. 탄소나노섬유 복합체로 이루어진 근육은 언제나 일정 수준 이상의 유연성과 가동 범위를 유지할 수 있었기 때문이다.

"동면이 종료되었습니다. 회복이 완료될 때까지 격렬한 운동을 삼가시기 바랍니다."

무미건조한 기계음은 어느새 알아들을 수 있는 모국어가 되어 있었다. 재부팅을 마친 뇌간 임플란트가 정상적으로 작동하기 시작했다는 뜻이다.

나른하던 팔다리도 예전의 감각을 되찾아가고 있었다. 유약한 힘줄을 대신해 그녀의 기계 몸을 지탱하는 와이어가 팽팽하게 당겨지며 위압적인 소리를 냈다.

수면동 내부는 이상하리만치 기온이 낮았다. 미리나리니는 양팔로 자신의 몸을 감싸 안았다. 얇은 입술 사이로 하얀 입김이 새어 나왔다.

'나를 깨운 이유가 뭘까? 목적지에 도착하기 전까지는 동면하기로 되어 있었는데…'

미리나리니를 태운 피난선에는 목적지가 없었다. 동면 직전, 미리나리니는 이미 자신이 알던 세상과 작별 인사를 나누었다. 다시는 깨어날 수 없다는 사실을 알고 있었기 때문이다. 그런데 이렇게 벌거벗은 몸으로 추위에 떨고 있다니.

새로운 세상에서 다시 태어난 기분이었다.

2

미리나리니는 맞은편 로커로 다가가 자신의 옷을 꺼내 입었다. 수면실의 자동문 개폐 장치는 먹통이었다. 수동 조작 레버를 당겨 육중한 강철문을 열었다. 햇살처럼 쏟아지는 인공 태양을 기대했지만, 선실을 가득 채운 건 끝없이 펼쳐진 어둠이었다.

플래시라이트의 불빛이 미리나리니의 얼굴을 비추었다. 갑작스러운 광량 변화에도 그녀의 시신경 모듈은 복면 차림의 네 사람을 식별할 수 있었다.

그들 중에 리더로 보이는 자가 물었다. 뜻밖에 앳된 목소리.

"미리나리니 샤르마?"

날붙이와 쇠파이프로 무장한 건달들이었다. 하나같이 건장한 체구다. 누더기를 덧댄 작업복 위에는 웅크린 태아 형상의 붉은 스텐실이 찍혀 있었다.

'내가 동면을 시작할 때보다 곤궁해진 행색이군. 대체 몇 년이나 지났지?'

망설이는 사이 괴한들이 그녀를 둘러쌌다. 동작이 민첩한 것으로 보아 체계적인 훈련을 받은 듯했다. 미리나리니가 깨어나기만을 기다리던 사람들처럼.

등 뒤에 서 있던 한 남자가 그녀의 손목에 다짜고짜 수갑을 채웠다. 케이블타이를 엮어 만든 조악한 물건. 미리나리니는 이들의 정체에 흥미를 느꼈다.

'이들은 나를 모른다. 내 존재를 잊을 만큼 오랜 세월이 지난 걸까?'

미리나리니가 인내심을 발휘하며 정중하게 말했다.

"풀어줘요."

괴한이 복면을 벗었다. 코밑으로 솜털이 보송보송한 앳된 얼굴이었다. 그녀와 같은 인도인, 혹은 남아시아의 혼혈인일 것이다. 괴한이 퉁명스레 내뱉었다.

"그럴 순 없습니다."

"나를 어디로 데려가는 거죠?"

"잠시 격리할 겁니다. 얌전히 따라온다면 죽이지는 않
겠습니다."

건달들이 미리나리니를 거칠게 떠밀었다.

이들이 사용하는 언어는 다소 변형된 우르두어였다. 세
월에 의한 언어의 변형인지, 방언의 일종인지는 알 수 없
었다. 통역 모듈을 통해 전달된 말은 정중했지만 실제로
는 그보다 거친 언사였을 게 분명했다.

미리나리니는 자신이 이들의 장단에 맞춰줄 이유가 없
다는 사실을 새삼 깨달았다. 적법한 절차를 따랐다면 피
난선의 보안 요원에게 이런 식으로 행동하지는 못할 테니
까. 이제 애송이들에게 예의를 가르칠 시간이다.

손목을 교차해 지렛대처럼 비틀었다. 그녀를 구속한 케
이블타이가 고무줄처럼 뜯겨 나갔다. 한 놈이 당황한 듯
그녀의 어깨를 붙잡았다.

미리나리니가 놈의 손목을 잡아 꺾었다. 고꾸라지는 놈
의 팔꿈치를 눌러 바닥에 처박았다. 괴한들이 일제히 달
려들었다.

미리나리니는 뒷걸음질로 물러나며 포위망을 빠져나
왔다. 이제부터는 일직선으로 달려드는 놈들을 하나씩 거

꾸러뜨릴 참이다. 증강현실 시스템이 놈들의 이마에 1번부터 3번까지 번호를 매겼다.

놈들이 휘두르는 둔기를 앞 손으로 젖히며 장타(掌打)로 턱을 올려 쳤다. 옷깃을 틀어잡고 발바닥으로 복숭아뼈를 쓸어 찼다. 허공에 뜬 몸뚱이를 바닥에 내리꽂았다. 장판이 내려앉으며 요란한 소리를 냈다.

누군가 먼발치에서 미리나리니를 향해 테이저건을 겨누었다. 두 개의 바늘이 목에 날아와 박혔다. 고전류의 낯선 감각이 그녀를 관통했다. 짜증스러운 통증에 미간이 일그러졌다. 보통의 인간이었다면 영락없이 고꾸라졌을 것이다.

미리나리니는 멍하니 서 있는 한 놈의 몸통에 오른손 정권을 찔러 넣었다. 군더더기 없는 자연스러운 몸놀림. 부러진 갈빗대가 폐를 찌르고, 찢어진 살갗 위로 선홍빛 피거품이 보글거렸다.

숨을 끊는 대신 제 피에 익사하도록 내버려두었다. 입술 위로 도드라지는 청색증의 징후. 놈의 죽음은 느리고 고통스러울 것이다.

순간 미리나리니는 뒷골을 잡아당기는 불쾌한 감각을 느꼈다. 뇌간 임플란트에서 보내온 경보 신호다. 그녀의 신체에 삽입된 각종 레이더와 센서는 인간의 육감처럼 동작했다.

측면에서 비스듬히 찔러 들어오는 칼날. 미리나리니는 재빨리 놈의 손목을 낚아챘다. 팔꿈치로 관절을 부수고 다리를 걸어 넘어뜨렸다. 놈이 바닥에 피를 뱉으며 애걸했다.

"제발, 살려주세요."

"이름과 소속을 말해."

"모하메드 아므르. 소속은 없습니다. 우리는 점조직이에요."

미리나리니는 아므르의 손가락을 꺾어 부러뜨렸다. 오래전에 배웠던 몇 가지 심문 기술 중 하나였다. 아므르의 비명이 선실에 메아리쳤다.

"방주의 주인, 샤오 슈안이 당신을 깨웠어요. 나더러 당신을 함교까지 모셔 오라고 했습니다."

"그런데 왜 나를 죽이려 했지?"

"나는 샤오 슈안의 사람이 아니니까요. 우리는 제니 첸의 첩자입니다."

제니 첸. 잊고 있던 이름이다. 인민무장경찰부대 산하 특수부대 출신으로, 한때 미리나리니의 동료였던 여자다. 두 사람은 상하이 모처의 연구 시설에서 같은 수술을 받았다.

피난선이 지구를 떠나기 전, 인류의 생존을 위한 범정

부 프로젝트가 있었다. 합금 골격과 인공 근육으로 구성된 베이스 프레임 위에 체세포를 배양한 뒤 피시술자의 뇌를 이식하는, 이른바 '강화인간' 계획이었다.

각국의 특수부대에서 차출된 우수 인력이 계획에 참여했다. 국가안보경비대 소속이었던 미리나리니 샤르마 대위도 그중 한 사람이었다.

감상에 젖을 마음은 없었다. 케케묵은 옛일 뿐. 지구는 이미 우주의 먼지가 되어 사라진 지 오래다. 미리나리니는 제니 첸을 만나 무슨 일이 벌어지고 있는지 물어봐야겠다고 생각했다.

"첸에게 내가 만나자더라고 전해."

미리나리니는 아므르를 놓아주었다. 아므르는 부러진 팔을 감싸 안고 꽁지 빠지게 도망쳤다. 미리나리니는 바닥에 떨어진 테이저건을 주워 허리춤에 갈무리했다. 먼저 샤오 슈안을 만나볼 생각이었다.

3

선실 내부는 각양각색의 네온사인으로 번쩍거렸다. 피난선의 시설 대부분이 가동을 멈춘 지금, 잉여 전력은 그렇듯 무의미하게 소모되고 있는 듯했다.

미리나리니는 고개를 들어 천장을 올려다보았다. 혹시라도 머리 위, 원통 반대편에서 사람들이 걸어 다니는 진풍경을 볼 수 있지 않을까 싶어서였다. 그러나 우주선 내부는 격자로 나뉜 구조였고 주거 구역은 원통의 극히 일부에 지나지 않았다. 머리 위로 보이는 광경이라고는 하얀빛을 뿜어대는 거대한 인공 태양뿐이었다.

기나긴 복도를 따라 거주동의 회전이 만들어낸 원심력에 의지해 몸을 세운 건물들이 늘어서 있었다. 각각의 건물은 철판과 와이어로 만든 조잡한 가교를 통해 서로 이어져 있었는데, 도시 전체가 복잡한 혈관으로 얽힌 하나의 생명체 같았다.

대로변에는 제복 차림의 보안 요원들이 배치되어 있었다. 샤오 슈안의 군대다. 미리나리니와 같은 부류는 아니었다. 하나같이 아들뻘, 손주뻘인 애송이들이다. 피난선에서 나고 자란 방주의 후예.

그들에게 샤오 슈안의 이름을 대자 함교까지 길을 안내해주었다. 함교는 샤오 슈안의 개인 집무실로 쓰이고 있었다. 통유리 너머로 광활하게 펼쳐진 어둠과 점점이 흩뿌려진 별들의 바다.

한 사내가 은하수를 등진 채 미리나리니를 향해 두 팔

을 뻗었다.

"어두운 시절에 구세주가 등장했군요."

샤오 슈안의 두꺼운 입술이 위아래로 실룩거렸다. 인종으로 보면 동남아시아 계통에 가까웠으나 국적은 중국인이었다. 그는 올해로 여든두 살이다. 피난선이 출항할 당시에는 열 살 남짓한 꼬마였다고 한다. 지금은 그가 이 도시의 제왕이다.

미리나리니가 물었다.

"70년 전보다 상황이 나빠진 모양이군요."

"어찌 됐건 그 시절엔 희망이 있지 않았습니까? 우리는 불타는 지구를 탈출한 선택받은 1만 명이었으니까요. 근거 없는 안도감으로 충만한 시절이었죠. 요즘은 모든 게 엉망이에요. 우리 항해에 종착지가 없다는 건 어린애도 압니다."

"도망치듯 지구를 떠날 때 희망은 이미 사라졌어요. 앞을 내다볼 줄 아는 사람은 모두 자살하거나 동면을 택했죠."

"뭐, 이해는 합니다. 어린 시절 우리 집은 광저우 일대에서 손꼽히는 부자였어요. 마카오와 홍콩에도 거래처가 많았죠. 아버지가 일가친척 모두를 우주선에 태우느라 가산을 탕진하고 개털이 됐는데, 나는 그때 희망의 본질을 깨달았습니다. 하지만 쓸 돈이 없는 것과 마실 물이 없다는 건 전혀 다른 문제죠."

샤오 슈안은 권위적인 태도로 뒷짐을 지고 한쪽 벽을 가득 채운 모니터를 향해 뒤뚱뒤뚱 걸어갔다. 그가 육중한 몸을 움직일 때마다 쥐색 정장의 고급 원단이 겨드랑이에 쓸려 사각대는 소리를 냈다. 샤오 슈안이 손짓으로 미리나리니를 불렀다.

이곳에서는 모니터를 통해 피난선 거주동을 한눈에 살펴볼 수 있었다. 거리에는 다양한 인종의 사람들이 넘실거렸다. 화려한 조명으로 몸을 감싼 사람들의 모습은 파도에 일렁이는 포말 같았다.

미리나리니가 말했다.

"이 도시가 마음에 들어요. 예전에는 텅 비어 있었는데. 내가 겨울잠을 자는 동안 남겨진 사람들은 많은 걸 이뤄냈네요."

샤오 슈안이 고개를 흔들었다.

"눈치채고 있었겠지만, 우리는 미봉책으로 연명하고 있습니다. 서서히 죽어간다는 게 보다 정확한 표현이겠죠. 원심력을 만들어내는 이 거대한 원통이 회전을 멈추기만 해도 대재앙이 일어날 거예요. 그러나 우리에겐 그 사태를 막을 예방 정비 능력조차 없습니다."

"목적지는 정해졌나요? 우리가 지구로부터 얼마나 멀

리 왔죠?"

"모릅니다. 항법사가 없으니까요. 말세에는 늘 철학자와 시인, 웅변가만 넘쳐나죠. 망할 놈의 선원들은 다 어디로 갔는지…."

샤오 슈안이 손끝으로 낡고 거대한 공장을 가리켰다.

"저 건물이 보이십니까? 유기체를 처리하는 재생 설비예요. 쉽게 말해 시신을 분해해 다시 섭취할 수 있게 만드는 곳입니다."

"요즘엔 사람들이 인육을 먹나요?"

"뭐, 비슷하다고 합시다. 죽은 사람으로부터 단백질, 미네랄, 수분 따위를 얻는 거니까요. 어쨌든 산 사람은 살아야 하지 않겠습니까? 제가 이 자리에 오른 것도 저 기계를 손에 넣을 수 있었기 때문이죠."

미리나리니가 물었다.

"그런데 왜 나를 깨웠죠? 온 인류가 당신의 손바닥 위에 있는데…."

약간은 빈정거리는 투였다. 샤오 슈안이 미리나리니를 돌아보며 미소 지었다. 그런 식의 태도에는 익숙하다는 듯이. 샤오 슈안은 어쩔 수 없다는 듯 양손을 어깨 위로 들어 보였다.

"셈이 안 맞아요."

"누군가 시신을 빼돌리고 있단 얘긴가요?"

"그런 짓을 해봐야 소용없어요. 어차피 이 우주선에 재생 설비는 저거 하나거든요. 문제는 날이 갈수록 장비의 성능이 떨어지고 있다는 겁니다. 생산량이 상반기 대비 30퍼센트나 줄었습니다. 이대로라면 인류는 재앙을 면치 못할 겁니다."

미리나리니가 다시 물었다.

"정확히 누구를 의심하고 계신 겁니까?"

"그걸 알아내려고 당신을 깨운 겁니다. 당신이 이 피난선의 마지막 보안 요원이니까요."

샤오 슈안은 미리나리니를 향해 몸을 숙이며 덧붙였다.

"누군가 의도적으로 장비에 손을 댄 게 분명해요. 우리가 알지 못하는 방식으로 살금살금 자원을 빼돌리고 있는 거죠."

"유출된 자원을 거래하는 자들이 있을지도 모르겠군요."

미리나리니는 수면동에서 자신을 습격한 괴한들을 떠올렸다. 놈들의 작업복 위에 찍혀 있던, 웅크린 태아의 핏빛 문양.

한편으로 물건의 흐름을 추적하는 일이라면 할 만하다고 생각했다. 파는 놈이 있다면 사는 놈도 있게 마련이니까. 암시장의 존재를 찾아내면 배후 세력을 색출할 수 있을 것이다.

미리나리니의 생각을 읽었는지, 샤오 슈안이 고개를 가로저었다.

"암시장 따위는 중요한 게 아닙니다. 진짜 문제는 우리 외에 저 기계를 만질 줄 아는 놈이 있다는 거죠. 그게 뭘 의미하는지 아시나요?"

샤오 슈안은 솥뚜껑만 한 손으로 마호가니 테이블을 어루만졌다. 간헐적인 선체의 진동 때문에 크리스털 양주잔이 달그락거렸다. 함교 아래로 넘실대는 인파를 바라보며, 샤오 슈안이 말했다.

"질서가 무너지는 거예요. 우리를 인간답게 만들어주는 규율과 기강이 흔들리고 있어요. 저는 당신이 이 가련한 시민들에게 질서를 되찾아주기를 바랍니다."

미리나리니가 물었다.

"만약 내가 거절한다면?"

"그래야 할 이유가 있나요? 이미 당신의 기록을 조회해 봤습니다. 나는 당신이 왜 영구 동면을 선택했는지 알고 있어요."

"두려워서 그랬어요. 서서히 죽어가는 걸 견딜 수가 없었으니까. 내가 겁쟁이라는 걸 알면서도 나에게 일을 맡기고 싶나요?"

미리나리니의 질문에 샤오 슈안이 코웃음을 쳤다. 시답잖은 농담이라도 들은 사람처럼….

"당신은 지구가 만들어낸 최강의 무기잖아요. 나한테 당신 같은 기계 몸이 있었다면 이 세상을 좀 더 살기 좋은 곳으로 바꿨을 거요. 어쨌거나, 거래는 간단합니다. 반체제 집단을 색출해 소탕한다면 당신의 영구 동면을 보장하겠습니다."

"당신은 이미 나를 한 번 깨웠는데, 그 약속을 어떻게 믿죠?"

샤오 슈안이 머쓱한 듯 미리나리니를 향해 윙크했다.

"그때 당신을 재운 사람은 내가 아니었으니까요. 수다는 이쯤 하고 일을 시작합시다. 최고의 동료를 붙여드리죠."

4

샤오 슈안의 집무실을 나서자 익숙한 얼굴이 미리나리니를 반겼다.

"미리나리니! 살아 있었구나."

문준수는 놀랍다는 듯 양팔을 벌린 채 다가왔다. 두 사람은 가벼운 포옹을 했다. 문준수의 몸은 너무 말라서 가

죽을 씌운 허수아비 같았다. 툭 불거진 개구리눈에, 거친 피부는 주름투성이였다.

"다시는 못 볼 줄 알았어. 언제 깨어난 거야?"

"세 시간 전. 샤오 슈안이 나를 깨웠어."

문준수의 표정이 어두워졌다.

"그 사람 밑에서 일하기로 한 거야?"

"그럴 만한 사정이 있었어."

미리나리니가 얼버무리자 문준수도 더는 묻지 않았다. 이미 그의 눈길은 미리나리니가 들고 있는 플라스틱 포장 용기에 사로잡혀 있었다. 샤오 슈안에게 건네받은 각성제였다.

"그거 나 주려고 가져온 거지?"

미리나리니는 말없이 각성제를 건넸다. 문준수는 떨리는 손으로 그걸 받아 가슴 포켓에 갈무리했다. 그의 앙상한 팔뚝에는 군데군데 검버섯 같은 멍이 있었다. 약쟁이 특유의 주삿바늘 자국이다.

미리나리니는 문준수의 핏발 선 두 눈을 들여다보았다. 안쓰럽다는 생각은 들지 않았다. 문준수도 미리나리니의 속마음을 읽은 것 같았다.

"피차 옛날 얘기는 치워놓자고. 내가 동면에서 깨어난 건 30년 전이었어. 그때만 해도 샤오 슈안이 이렇게까지

거물이 될 줄은 몰랐는데…."

미리나리니가 물었다.

"샤오 슈안이 너를 왜 데리고 있는 거야?"

"약쟁이이긴 해도, 아직은 내가 피난선 최고의 시스템 엔지니어니까. 나는 이 우주선의 모든 감지 장치와 카메라, 개폐 장치에 자유롭게 접근할 수 있어. 앞으로 내가 너의 눈과 손이 되어줄 거란 얘기지."

문준수는 선수(船首)와 선미(船尾)로 나뉜 우주선의 구조에 대해 설명했다. 선수에는 화물과 피난민 주거 구역이, 선미에는 기관실과 엔진실, 연구동 따위가 배치되어 있었다.

그중에 문준수가 접근할 수 있는 곳은 선수 쪽이었다. 누군가 보안 프로그램으로 막아놓은 탓에 문준수조차도 선미에 대해서는 영향력이 없었다.

어차피 우주선은 자동항법 시스템에 의해 조종되고 있었기 때문에, 선수의 거주민들은 기관실의 존재 자체를 모르는 경우가 많았다. 방주에서 나고 자란 자들은 더더욱 그랬다. 우주선 외벽 너머의 우주를 가르쳐주는 사람은 드물었으니까. 그들에겐 방주가 세상의 전부다.

신나게 떠들어대던 문준수가 갑자기 목소리를 낮췄다. 핏발 선 퉁방울눈을 굴리며 속삭였다.

방주의 아이들

"샤오 슈안 밑에서 일하는 거, 적당히 하다가 관둬. 그 능구렁이는 피난선 수면동을 자기가 상속받은 유산처럼 생각해. 동면 중인 승조원 리스트를 훑어보다가 자기한 테 필요한 사람이다 싶으면 깨워서 멋대로 부려먹는 거지. 30년 전의 나도 그렇게 당했고. 나한테도 기계 몸이 있었다면 더러운 꼴 안 보고 진작에…."

미리나리니가 문준수의 소매 깃을 붙잡으며 말을 끊었다.

"꼬리가 붙었어."

문준수는 미리나리니를 바라보며 알았다는 눈짓을 했다. 오래전이긴 해도, 문준수 또한 고도로 훈련받은 요원이었다.

미리나리니가 걷는 속도를 높였다. 인파 속에서 속도를 내기란 여간 어려운 일이 아니었다. 미리나리니와 문준수는 가교 아래에서 걸음을 멈췄다.

다리를 지지하는 구조물의 표면은 거울처럼 매끈하게 연마되어 있었다. 거리의 모습이 희뿌옇게 비쳐 보였다. 미리나리니가 속삭였다.

"다리에서 20미터. 파란 작업복을 입은 남자. 함교를 나올 때 봤던 놈이야."

놈은 빠르게 다가왔다. 앳된 얼굴은 아직도 10대 티를 벗지 못했다. 작업복 위에는 붉은 페인트로 웅크린 태아 문양이 그려져 있었다. 문준수가 말했다.

"방주에서 태어난 애새끼들은 요즘 죄다 저런 문양을 그려 넣고 다녀. 우주선 밖에 진공이 아닌 진짜 세상이 있다고 믿는 또라이들이지."

"수면동에서 나를 죽이려던 놈에게도 저런 문양이 있었어."

"만만하게 생각하면 안 돼. '방주의 아이들'이라고, 막 나가는 놈들이야. 요즘엔 아무도 쟤들 못 건드려."

문준수의 경고를 무시하고, 미리나리니는 재빨리 돌아섰다. 놈은 도망치는 대신 나이프를 뽑아 미리나리니의 목을 겨누었다. 나이프를 앞으로 내민 채 반신으로 선 모습이었다. 칼 쓰는 법을 배운 적이 없는 놈이다.

한 뼘 남짓한 쇠붙이가 미리나리니의 심장을 향해 찔러 들어왔다. 성급하고 우직한 공격. 뭄바이 뒷골목에만 가도 이보다 뛰어난 칼잡이는 많았다.

미리나리니의 앞 손이 놈의 팔을 휘감았다. 찌르기를 걷어낸 뒤 오금을 밟아 꿇어앉혔다. 눈 깜짝할 새 일어난 일이었다.

문준수가 외쳤다.

"조심해!"

방주의 아이들

오른편에서 또 한 놈이 달려들었다. 내려찍는 나이프 공격. 팔을 붙잡고 손등을 뒤집어 꺾었다. 빼앗은 나이프로 놈의 사타구니를 찔렀다. 동맥이 찢어지며 피가 쏟아졌다.

별안간 머리 위로 총탄이 날아들었다. 묵직한 충격과 함께 미리나리니의 살점이 뜯겨져 나갔다.

피격 부위는 견갑골과 승모근. 경미한 손상 판정. 자가 진단 모듈은 비로소 미리나리니의 상태를 교전 중으로 인식했다. 다량의 아드레날린이 혈관으로 뿜어져 나왔다.

호르몬의 세례를 받은 미리나리니가 고개를 들어 주변을 살폈다. 건물 위에 저격수가 있었다. 파이프를 용접해 만든 조잡한 사제 총을 장전하는 중이었다.

미리나리니는 두 번째 총알이 날아오기 전에 재빨리 가교 밑으로 몸을 숨겼다. 거리는 일순 아수라장이 되었다. 주위를 둘러보니 인파를 뚫고 그녀를 향해 달려오는 자들이 있었다. 붉은 태아 문양이 있는 파란 작업복의 애송이들이었다. 누더기를 기워 입은 방주의 아이들.

가교 위로 건설용 크레인 한 대가 지나갔다. 문준수는 크레인 제어반을 향해 달렸다. 크레인을 조작하던 공사 담당자를 밀어내고 조종간을 잡았다.

화물을 실어 나르던 크레인이 갑자기 방향을 바꿨다.

크레인에 매달려 있던 건축 자재들이 관성에 의해 삐딱하게 기울어졌다.

"조심해! 떨어진다!"

누군가 외쳤다. 구경꾼들이 비명을 지르며 흩어졌다. 건축용 철근이 장대비처럼 쏟아져 내렸다. 철제 가교 위로 샛노란 불똥이 튀었다. 쇠 부딪히는 소리에 이가 시릴 정도였다.

크레인은 미리나리니의 머리 위에 이르자 어마어마한 속도로 와이어를 풀어 내리기 시작했다. 낙하하던 갈고리가 그녀의 정수리에 닿을 듯 멈춰 섰다.

문준수가 외쳤다.

"줄을 잡아!"

미리나리니가 손을 뻗어 갈고리를 움켜쥐었다. 와이어는 내려올 때만큼이나 빠른 속도로 되감겨 올라갔다. 문준수가 크레인을 빠르게 선회시켰다. 미리나리니의 몸이 허공으로 솟구쳤다.

가설비계 위에서 총을 겨누던 저격수와 눈이 마주쳤다. 미리나리니는 갈고리에서 손을 떼고 관성에 몸을 맡겼다. 화살처럼 날아가 저격수의 가슴을 걷어찼다. 체중이 실린 일격이었다.

미리나리니의 발뒤꿈치는 저격수의 흉통을 부수며 복

숭아뼈까지 파고들었다. 풍선처럼 터져버린 저격수의 폐가 목구멍으로 쏟아져 나왔다. 삐걱대는 소음과 함께 가설비계가 무너져 내리기 시작했다. 추락할 때는 미리나리니도 함께였다.

뇌간 임플란트가 계산된 물리량에 따라 자동으로 그녀의 신체를 미세 조정했다. 몸을 돌려 다리가 바닥을 향하도록 하는 동시에 허리를 둥글게 숙여 충격 시 앞으로 구를 수 있도록 했다.

미리나리니는 둔탁한 소음과 함께 차가운 바닥에 널브러졌다. 충격은 예상보다 가혹했다. 주요 신체 기능이 적색경보를 보내왔다. 그녀는 이내 정신을 잃고 말았다.

5

눈을 뜨니 어두컴컴한 방 안이었다. 악몽을 꾼 듯, 책상 위에 깔아놓은 모포가 축축했다.

침침한 조명 아래 각종 전자 장비의 동작 표시등이 어지러이 깜빡이고 있었다. 용도를 가늠할 수 없는 기계 뭉치들이 수천 가닥의 전선과 통신 케이블을 통해 복잡하게 엮여 있었다.

한쪽 벽면은 수십 대의 모니터로 가득 채워져 있었다. 피난선 내부 전역에 설치된 감시 카메라의 영상이 그 위에서 끊임없이 돌아가고 있었다. 얼핏 샤오 슈안의 집무실과도 비슷했지만, 그보다 훨씬 전문적이고 방대한 규모의 감시 통제 시설이었다.

모니터는 주기적으로 점멸하며 채널을 바꿨다. 미리나리니가 감탄해 마지않던 화려한 도시는 자신의 속살을 고스란히 드러낸 채 널브러져 있었다. 매끈한 겉모습 뒤에 감춰진 피고름. 맹목적인 섹스와 폭력, 고통스러운 죽음, 헛되고 비루한 삶의 편린들.

"신이라도 된 기분이지?"

음산하고도 매혹적인 목소리였다. 미리나리니는 반사적으로 허리춤의 테이저건을 뽑아 소리가 나는 곳을 겨누었다.

어둠 속에 한 여자가 팔짱을 낀 채 유령처럼 서 있었다. 창백한 얼굴을 수직으로 가로지르는 붉은 칼자국. 제니 첸이었다.

제니 첸의 파리한 얼굴에는 조소에 가까운 기이한 미소가 떠돌아다녔다. 길고 우아한 손가락이 미리나리니를 향해 뻗어 나왔다. 제니 첸은 자신을 겨눈 총구를 천천히 밀어냈다.

방주의 아이들

"우리, 이런 게 필요한 사이였나?"

제니 첸이 이죽거릴 때마다 붉은 흉터가 일그러졌다. 살아서 꿈틀거리는 한 마리의 뱀 같았다.

미리나리니의 심장이 요동쳤다. 친구인지 적인지 알 수 없는 존재를 향해, 그녀가 물었다.

"방주의 아이들을 조종하는 사람이 너였냐?"

"그럴 리가. 내가 데리고 있는 애들 중에 그쪽에 발을 걸친 놈이 있긴 해. 그래도 내 체면에 애새끼들이랑 어울릴 수는 없잖아?"

미리나리니는 제니 첸의 솜씨를 알고 있었기에 경계를 늦추지 않았다. 미리나리니가 물었다.

"여긴 어디지?"

"문준수의 은신처. 피난선 서버실을 자기 집으로 개조했더군. 하여간 재미있는 놈이야."

문준수는 책상 밑에 엎드려 코를 골고 있었다. 기절한 미리나리니를 은신처까지 데려오느라 녹초가 된 모양이었다. 제니 첸은 먼발치에서 두 사람을 지켜보던 중이었다고 말했다.

"뒤를 밟다가 하마터면 놓칠 뻔했지. 방주에 이런 비밀 공간이 있을 줄은 꿈에도 몰랐거든."

"어쨌든 초대받은 손님은 아니란 얘기군."

미리나리니의 말에 제니 첸이 깔깔 웃었다. 제니 첸은 문준수의 테이블 위에 아무렇게나 걸터앉았다. 이야기가 길어질 눈치였다.

"네가 초대한 셈 치지. 나를 보자고 했다며?"

"묻고 싶은 게 있어서. 누군가 이 도시를 말려 죽이고 있다던데, 배후가 누구야?"

"샤오 슈안이 그러던가? 자신이 재생 설비를 가동하는 한 종말은 없을 거라고? 그럴싸한 헛소리지. 이 우주선은 지구를 떠난 뒤로 내내 죽어가고 있었단 말이야. 새삼스럽게 호들갑은⋯."

"지구가 사라졌을 때 우리 운명은 이미 결정된 거겠지. 하지만 우리 스스로 멸망을 앞당길 이유는 없잖아?"

"순진하기는⋯. 이건 피난선을 쥐고 흔드는 샤오 슈안과 거기에 반발하는 극단주의자들의 진흙탕 싸움일 뿐이야. 시시한 일이지. 누가 이기든 상관없는 문제라고. 헤게모니 싸움에서 배후는 찾아 뭐 하게?"

"배후를 찾는 게 내 임무니까."

미리나리니의 대답에 제니 첸이 코웃음을 쳤다.

"샤오 슈안이 널 속였다면? 피난선에 유통되는 식량이 줄어들면 누가 제일 이득이지?"

미리나리니가 되물었다.

방주의 아이들

"모든 게 샤오 슈안의 자작극이라고?"

"기득권을 유지하려면 공공의 적을 만들어야지. 가공의 적이라면 더 좋고. 실체가 없는 것들이 사람의 마음에서는 더 오래 살아남는 법이니까."

"말이 안 돼. 모두가 깡통 속에 갇혀 우주를 떠도는 마당에 그런 게 다 무슨 소용이야?"

제니 첸은 대답 대신 아리송한 미소를 지어 보였다.

물론 미리나리니는 제니 첸의 논리에도 일리가 있다고 생각했다. 인류의 역사가 그녀의 주장을 뒷받침한다. 방식의 차이로 반목할 뿐, 샤오 슈안이나 방주의 아이들이나 목적은 같을 것이다. 피난선의 권력을 손에 넣는 것.

그러나 미리나리니는 샤오 슈안을 지지할 수밖에 없는 입장이었다. 방주의 아이들이 택한 방식은 그녀가 감당하기에는 너무나 극단적이었다.

피난선의 외벽을 뚫고 바깥세상으로 나가자니, 멍청한 생각이다. 외벽 너머에는 오로지 진공과 암흑만이 존재할 뿐. 지구에서 나고 자란 그녀에게는 자명한 사실이지만 방주의 아이들은 그걸 모른다.

미리나리니는 제니 첸에게 두 번째 질문을 던졌다.

"넌 나를 죽이려고 했었지. 아므르를 보낸 이유가 뭐야?"

"죽일 생각은 없었어. 데려와서 설득하려 했지. 내가 모시는 어르신께서 너를 만나고 싶어 했으니까."

"나더러 그 어르신인지 뭔지 하는 사람 밑으로 들어가라고?"

제니 첸이 고개를 끄덕였다.

"제안은 지금도 유효해. 샤오 슈안의 개가 되느니 내 동료가 되어줘. 저들의 대의는 엉터리야. 무가치한 싸움이지."

"너의 싸움은 가치가 있나? 뭘 위해, 누구와 싸우지?"

미리나리니의 질문에 제니 첸의 얼굴에서 미소가 사라졌다. 제니 첸은 미리나리니와 코가 맞닿을 거리까지 다가와 나지막이 속삭였다.

"비밀을 하나 말해줄게. 방주의 시민들은 우리가 목적 없는 항해를 하고 있다고 생각하지만, 그건 사실이 아니야. 우리는 지금 센타우로스 항성계로 향하고 있어. 거기에는 인류가 다시 뿌리내릴 수 있는 거주 가능한 행성이 있거든."

제니 첸의 뜨거운 숨결이 닿자 미리나리니는 몸을 떨었다. 살 수 있다. 정착할 수 있다. 문명을 재건하고 인류사를 이어갈 수 있다!

제니 첸은 '동굴의 노인'이라 불리는 이가 계시를 보여주었노라고 말했다. 중력렌즈 관측과 분광기 검사, 제니 첸과 같은 사람은 평생이 걸려도 이해할 수 없을 각종 도표와 수식, 수학과 통계의 형태로 내려온 복음이 낙원을 약속하고 있었다.

동굴의 노인은 베일에 싸인 존재였다. 그 이름 뒤에 숨은 게 남자인지 여자인지, 한 사람인지 하나의 집단인지, 전혀 알려진 바가 없었다. 그럼에도 제니 첸은 동굴의 노인에게 깊이 감화되어 샤오 슈안과의 대립을 택했다.

샤오 슈안이 미리나리니를 깨워 피난선의 질서를 되찾으려 한다는 첩보를 들었을 때, 제니 첸은 선수를 쳐서 미리나리니를 가로채려 했다. 그 뒤로는 샤오 슈안과 방주의 아이들 간의 국지적 분쟁을 전면전으로 확대시킬 계획이었다.

제니 첸이 말했다.

"나는 방주의 아이들에게 영향력이 있으니, 네가 샤오 슈안의 신뢰를 이용한다면 두 세력을 전쟁으로 몰아넣을 수 있어."

"왜 그래야 하지? 사상자가 수백 명은 될 텐데."

"수천 명이 죽어야 해. 이 피난선이 무사히 센타우로스 항성계에 닿기 위해서는 어쩔 수 없는 일이야. 피난선의 인구는 너무 많고, 자원은 턱없이 모자라니까."

"그게 네가 받은 계시였나? 선택받지 못한 사람들을 학살하는 게?"

제니 첸은 미리나리니의 냉소에도 아랑곳하지 않았다.

"숭고한 선별 작업이라고 생각해. 인류의 명맥을 유지하려면 어쩔 수 없는 일이지. 여기 샤오 슈안의 믿음을 살 수 있는 정보를 줄게."

제니 첸이 미리나리니에게 저장 장치를 건넸다. 미리나리니가 물었다.

"뭐가 들어 있지?"

"피난선의 도면. 방주의 아이들이 설치한 폭약 매설 지점이 표시되어 있어. 네 손으로 샤오 슈안에게 이 정보를 넘기면 곧 전면전이 벌어질 거야."

"넘기지 않으면?"

"방주의 아이들이 피난선의 외벽을 날려버릴 테고, 우리는 센타우로스 항성계까지 뚜껑 열린 컨버터블을 타고 날아가게 되지."

제니 첸은 미리나리니를 향해 장난스럽게 거수경례를 했다. 미리나리니가 미처 뭐라고 대꾸하기도 전에, 제니 첸은 어둠 속으로 모습을 감추었다.

6

미리나리니와 문준수는 샤오 슈안의 마호가니 테이블 앞에 나란히 앉았다. 홀로그램 프로젝터를 켜자 방주의 3차원 도면이 허공에 펼쳐졌다. 거대한 우주선의 푸르스름한 형태. 반투명한 뼈대 위를 형형색색의 전기 배선과 통신 케이블, 파이프라인 따위가 혈관처럼 뒤덮고 있었다.

샤오 슈안이 양팔로 테이블을 짚은 채 앞으로 몸을 숙였다. 머리 위를 내리쬐는 조명 탓에 얼굴의 음영이 도드라졌다. 찌푸린 미간과 아치 형태의 두꺼운 입술이 제멋대로 실룩거렸다.

미리나리니가 말했다.

"격납고에 발파용 폭약을 설치했군요."

"지금은 주거 구역으로 쓰이는 곳이죠. 놈들이 왜 이곳을 택했을까요? 눈에 띄기 쉬울 텐데…."

샤오 슈안의 질문에 문준수가 대답했다.

"저도 그 점이 의아했지만, 도면을 보니 이유를 알 것 같아요. 이 구역의 외벽 두께가 상대적으로 얇습니다."

문준수가 손가락을 움직여 3차원 도면을 확대했다. 확실히 격납고 쪽이 피난선의 가장 취약한 부분이었다. 내부 거주자들은 결코 알 수 없는 사실이었다. 그 말인즉,

방주의 아이들에게 도면을 유출한 자가 있다는 뜻이다. 물론 제니 첸의 소행일 테지만, 미리나리니는 아무 말도 하지 않았다.

샤오 슈안에게는 이 모든 게 음모의 흔적으로 보였다. 피난선의 구조에 정통한 자들이 혼란을 조장하고 있다는 증거였다.

샤오 슈안이 말했다.

"이런 기밀 정보에 접근할 수 있는 사람은 제한적이죠. 배후에서 우리를 농락하는 놈들은 피난선의 승조원이었거나 유지 보수 엔지니어 출신이었을 게 분명해요."

"우리 둘 다 해당되는군요. 나는 승조원이었고, 문준수는 엔지니어였어요."

미리나리니의 지적에 무거운 침묵이 내려앉았다. 샤오 슈안의 관자놀이에서 검푸른 핏줄이 씰룩거렸다.

샤오 슈안은 영민하고 냉정한 자였다. 미리나리니는 지난 70년간 동면 중이었고, 문준수는 일개 약쟁이일 뿐이다. 문준수에게 약을 공급했던 건 다름 아닌 샤오 슈안 자신이었다. 문준수에게는 샤오 슈안을 배신할 이유가 없었다.

샤오 슈안이 미리나리니에게 물었다.

"제니 첸이 이 정보를 흘렸나요?"

미리나리니가 고개를 끄덕이자 샤오 슈안이 말했다.

"그 여자는 살인자예요. 내 사람을 여럿 죽였죠. 도시에서 추방된 뒤로 소식이 끊겼는데, 하필 이 타이밍에 기밀 정보를 들고 나타났다? 느낌이 안 좋아요. 내가 그자를 믿어야 할까요?"

미리나리니가 어깨를 들어 보이며 대답했다.

"믿져야 본전이죠."

샤오 슈안의 미간이 다시 한번 일그러졌다. 솥뚜껑 같은 손으로 연신 입을 문질러 닦았다. 그렇게 잠시 고민하던 샤오 슈안이 마침내 결단을 내렸다.

"사냥개들을 풀어야겠군."

"격납고 주변에는 이미 방주의 아이들이 진을 치고 있어요. 입구를 막고 농성할 생각인 것 같아요."

문준수의 지적에 샤오 슈안이 대답했다.

"제니 첸의 도면에 따르면 공동구를 통해 우회할 수 있는 길이 있어요. 격납고 정면에서 대치하며 시선을 끌다가, 틈을 봐서 공동구로 기동대를 투입하겠습니다. 우리 병력이 후방에 나타나면 놈들은 제풀에 무너질 거요."

"고전적인 망치와 모루 전략이군요."

순간 미리나리니의 마음에 의혹이 싹텄다. 이 모든 게 함정이라면? 방주의 아이들이 공동구의 존재를 미리 알고 매복한다면 샤오 슈안의 기동대는 전멸이다.

문득 제니 첸의 말이 미리나리니의 머릿속을 맴돌았다. '수천 명이 죽어야 해. … 어쩔 수 없는 일이야.'

어쩌면 피난선의 도면을 샤오 슈안에게 전달했을 때, 미리나리니는 이미 제니 첸의 속임수에 넘어간 건지도 모른다. 그렇다면 그녀 역시 제니 첸의 공범인 셈이다.

그러나 미리나리니는 제니 첸의 신념에 동의한 적이 없었다. 미리나리니는 사람들의 죽음을 원치 않았다. 제아무리 숭고한 대의가 있다 한들, 그녀는 수천 명의 목숨을 앗아 갈 권한을 부여받은 적이 없었다.

미리나리니가 말했다.

"내가 먼저 공동구를 정찰할게요. 어쩌면 함정일 수도 있으니까요. 수색을 한 뒤에 문제가 없으면 그때 기동대를 투입하세요."

샤오 슈안이 고개를 끄덕였다.

"당신만 믿겠습니다."

작전은 간단했다. 미리나리니가 공동구로 들어가 매복이 없는지를 확인한다. 문준수가 공동구 내부의 동작감지 센서에서 취득한 정보를 미리나리니의 증강현실 모듈로 송신할 것이다. 공동구 내부에서 수상한 움직임이 감지되면 미리나리니가 위협을 제거할 수 있다.

그렇게 공동구를 통해 격납고로 진입할 길이 열리면,

전기 충격기와 고무총으로 무장한 샤오 슈안의 기동대가 후방으로 침투해 포위할 것이다. 샤오 슈안으로부터는 인명 피해를 최소화하겠다는 약속을 받아두었다.

공동구로 진입하기 전, 미리나리니가 샤오 슈안에게 물었다.

"제니 첸이 도시를 떠난 게 35년 전이라고 했죠?"

"맞습니다."

"당신이 이 도시의 왕이 된 것도 그 무렵이고요. 기이한 우연이군요."

샤오 슈안이 냉소했다.

"우연이 아닙니다. 동면 중인 제니 첸을 깨운 게 바로 나였으니까. 독재자를 몰아내기 위해 그녀의 도움을 받을 생각이었습니다."

"하지만 그녀를 통제할 수 없었군요."

"강철 같은 여자더군요. 민주주의, 대의명분, 새 시대의 질서와 평화. 내가 아무리 설명을 해도 들을 생각을 하지 않았어요. 제니 첸에게는 이 모든 게 그저 밥그릇 싸움처럼 보였던 모양입니다. 덕분에 내 부하들이 여럿 죽었어요. 하지만 보세요, 도시는 질서를 되찾았어요. 지난 30년간 우리는 잘 살아왔습니다. 앞으로의 30년도, 그 30년 뒤에도 우리는 살아남아야 합니다. 인류가 거주 가능한 행성에 닿는 그날까지…."

샤오 슈안을 향해, 미리나리니가 나직이 물었다.

"당신도 알고 있었군요. 방주가 목적 없이 떠도는 게 아니라는 사실을…. 왜 시민들에게 알리지 않죠? 아직은 희망이 있다는 걸 왜 숨기죠?"

샤오 슈안이 목소리를 높였다.

"시민들이 희망을 감당할 수 있으리라 믿습니까? 당장 배급부터 늘려달라고 폭동을 일으킬 겁니다. 마치 다음 달이면 센타우로스에 닿기라도 할 것처럼 말이죠. 그들에게 필요한 건 희망이 아니라 질서예요. 좋은 지도자는 시민이 원하는 대로 주는 사람이 아닙니다. 지도자라면 마땅히 손쉬운 희망에 굴복하지 말라고 다그치는 사람이 되어야 해요."

샤오 슈안의 핏발 선 두 눈을 바라보며, 미리나리니는 아무 말도 하지 않았다.

7

공동구 입구 위에는 거대한 빈민촌이 형성되어 있었다. 누더기 같은 가건물이 서로의 몸체를 토대 삼아 종양처

방주의 아이들

럼 뻗어 있었다. 무질서하게 쌓아 올린 무산자(無産者)들의 도시는 마치 지옥의 아가리로 향하는 미궁 같았다.

미리나리니는 통신 모듈을 통해 들려오는 문준수의 지시에 따라 골목을 가로질렀다. 코를 찌르는 악취와 밑창에 쩍쩍 들러붙는 정체불명의 더께. 시체처럼 널브러진 약쟁이들과 퀭한 눈의 남창들.

모퉁이를 몇 번 돌자 공동구의 입구가 모습을 드러냈다. 무릎 높이의 단 위에 오물과 녹으로 얼룩진 개폐 장치가 있었다. 그 너머에 피난선의 외벽 틈새, 공동구로 향하는 사다리가 있을 것이다.

개폐 장치 옆에서 웬 노숙자 한 명이 잠을 청하고 있었다. 미리나리니를 발견한 노숙자는 잠이 덜 깬 얼굴로 슬그머니 자리를 피했다. 빈민가는 소문이 빠르다. 이제는 모두가 그녀의 존재를 알고 두려워한다.

미리나리니가 무전을 보냈다.

"진입할게."

문준수가 개폐 장치를 열었다. 공동구로 통하는 길이 열렸다. 미리나리니는 사다리를 타고 어두운 구멍 아래로 미끄러져 내려갔다.

공동구 안에서 미리나리니는 오히려 편안함을 느꼈다. 지금은 우주의 먼지가 되어버린 지구의 땅 밑이라 생각하니 이곳의 어둠이 마치 고향 같았다.

"가다 보면 갈림길이 나올 거야. 오른쪽으로."

미리나리니는 문준수의 안내에 따라 어둠 속을 더듬어 갔다. 각종 파이프와 전원 및 통신 케이블이 외벽을 따라 질서 정연하게 이어져 있었다. 공동구를 통한다면 피난선의 모든 구역을 자유롭게 오갈 수 있을 게 분명했다.

그때, 어디선가 인기척이 들렸다. 미리나리니는 재빨리 몸을 숨겼다. 그녀가 서 있던 자리 위를 적외선 조명이 훑고 지나갔다. 간발의 차이였다. 격납고로 향하는 출구에 매복이 있었다.

미리나리니는 무의식중에 자신의 왼쪽 가슴을 내려다보았다. 빨간 점 하나가 심장을 겨누고 있었다. 전술용 레이저포인터.

'함정이다!'

스포트라이트가 미리나리니를 겨누었다. 총탄이 우박처럼 엄폐물을 두들겼다.

미리나리니가 문준수에게 무전을 보냈다.

"놈들에게 공격받고 있어. 개폐 장치를 열어줘."

표시등의 녹색 램프가 점멸하는가 싶더니, 격납고로 통하는 개폐 장치가 좌우로 열렸다. 보초병이 허둥대며 제어 장치를 만져댔다. 당황한 탓에 미리나리니가 뛰어드는

방주의 아이들

것도 알아채지 못할 정도였다. 그들은 문준수가 시스템을 장악해 원격 조종하고 있다는 사실을 모르고 있었다.

미리나리니가 격납고에 진입하자 문준수가 재빨리 문을 닫았다. 미리나리니를 뒤쫓던 매복자들이 도리어 공동구에 갇힌 신세가 되었다. 격납고 입구에서는 샤오 슈안의 군대가 방주의 아이들을 향해 공세를 펼치고 있었다.

후방에 남아 있던 한 무리의 소년병이 그녀를 둘러쌌다. 그들에게도 붉은 태아 문양이 있었다. 코흘리개들은 저마다 조잡한 날붙이로 미리나리니의 목을 겨누었다. 이를 앙 다문 채 겁에 질린 얼굴들.

'그냥 애들이잖아.'

미리나리니가 문준수를 호출했다.

"전투 상황을 영상으로 중계해줘."

곧이어 펼쳐지는 격납고 입구의 영상.

샤오 슈안의 기동대가 방주의 아이들을 학살하고 있었다. 조잡한 방호복을 입은 방주의 아이들은 원시적인 무기로 샤오 슈안의 군대에 맞섰다.

요새화된 격납고를 정면에서 밀고 들어오려는 기동대와 비좁은 입구를 사수하려는 방주의 아이들이 스크럼을 짜고 대치했다. 입구 양옆을 장벽처럼 틀어막은 컨테이너 위에서는 저격수들이 총을 쏘고 화염병을 던졌다.

문준수의 다급한 목소리가 들려왔다.

"후방을 교란해줘."

"난 못 해."

"샤오 슈안의 명령이야. 기동대의 피해가 커지고 있어."

한 아이가 비명을 지르며 미리나리니를 향해 칼을 찔렀다. 미리나리니는 칼을 빼앗아 부러뜨렸다. 아이들이 덤벼들 때마다 그녀는 공격을 빗기고 흘려내며 차례로 무장해제시켰다.

미리나리니가 말했다.

"제니 첸이 옳았어. 이건 가치 없는 싸움이야."

어느새 꼬맹이들은 뿔뿔이 흩어지고, 좀 더 머리가 굵은 소년들이 모여들었다.

미리나리니는 한 발 물러나며 맨 처음 달려드는 놈을 상대했다. 정수리를 향해 내려찍는 공격은 밖으로 쳐냈다. 한 손으로 옷깃을 그러잡고 다른 손으로는 가랑이를 싸잡아 어깨에 들쳐 멨다. 몰려드는 군중에게 놈을 던져 길을 텄다.

누군가 미리나리니의 무릎을 노리고 몽둥이를 휘둘렀다. 뛰어오르며 공격을 피했다. 옆구리에 장타(掌打)를 먹이고 쇄골에 수도(手刀)를 넣었다. 이권(裏拳)으로 가슴을 치고 추퇴(揪腿)로 넘어뜨렸다. 뼈가 부러지고 이가 깨진 소년들이 바닥에 널브러졌지만 죽은 사람은 없었다.

문준수가 무전기를 통해 외쳤다.

"위를 조심해!"

미리나리니가 고개를 치켜들었다. 격납고 천장의 곤돌라로부터 사람의 형체를 한 거대한 그림자가 그녀를 향해 낙하하고 있었다. 미리나리니는 뒤로 공중제비를 돌며 간신히 몸을 피했다.

굉음과 함께 거대한 외골격 로봇이 착지했다. 격납고의 바닥 철판이 내려앉으며 무너질 듯 휘청거렸다. 소행성 굴착용 로봇이었다. 조종석의 강화유리 덮개 너머에는 낯익은 얼굴이 악마 같은 미소를 짓고 있었다.

"또 만나는군."

"모하메드 아므르. 새 휠체어가 마음에 드는 모양이네?"

미리나리니가 빈정대자 아므르의 얼굴에서 미소가 사라졌다.

"기계 몸만 믿고 설치는 꼴 보기 싫어서 나도 하나 가져왔지. 한번 붙어볼까?"

아므르가 권투 선수 흉내를 내며 강철 주먹을 맞부딪쳤다. 외골격 로봇의 유압 실린더에서 소름 끼치는 금속음이 흘러나왔다. 울부짖는 살인 기계 같았다.

8

미리나리니가 지면을 박차고 뛰어올랐다. 낙하하며 두 발로 조종석 덮개를 내려찍었다. 체중을 실은 공격이었으나 둔탁한 소리만 날 뿐, 강화유리는 꿈쩍도 하지 않았다.

아므르가 로봇 팔을 휘둘러 미리나리니를 걷어치웠다. 10여 미터를 날아간 미리나리니가 격벽에 처박히며 요란한 소리를 냈다. 격벽 위로 우묵한 흉터가 생겼다. 아므르의 외골격이 그녀를 향해 달려들었다.

미리나리니는 가까스로 몸을 굴려 공격을 피했다. 아므르의 강철 주먹이 바닥을 내려찍었다. 굉음과 함께 불꽃이 튀자 미리나리니의 온몸에 소름이 돋았다. 심장이 얼어붙는 불쾌한 감각. 미리나리니는 이내 평정심을 잃고 동요하기 시작했다.

초감각 센서에서 보내온 전기신호와는 다른 종류의 감각이었다. 뇌간 임플란트에서 생성된 경보가 아니다. 이 순간 미리나리니가 느낀 감정은 공포였다. 그녀가 선조들로부터 물려받은, DNA에 각인된 보다 원초적인 감각이었다.

덕분에 수십 년간 잊고 있던 생존 본능이 다시금 꿈틀대기 시작했다. 미리나리니는 몸을 돌려 뛰기 시작했다. 아므르가 그녀보다 빨랐다. 강철의 살인 병기가 그녀를 향해 팔을 뻗었다. 눈먼 공격이 미리나리니의 갈빗대를 스치고 벽을 부수었다.

거리를 벌리며 기회를 엿보려던 찰나, 외골격의 통신용 레이저 조사기가 최대 출력으로 그녀를 겨냥했다.

미리나리니의 제복이 불쏘시개처럼 타들어갔다. 고통을 느낄 새도 없었다. 아므르의 로봇 팔에서 표본 채취용 드릴이 튀어나왔다. 드릴은 곧장 미리나리니를 향해 날아들었다.

미리나리니가 팔을 들어 얼굴을 가리자 드릴이 그녀의 손바닥을 휘감았다. 오른손 손가락 세 개가 뿌리째 잘려 나갔다. 모든 게 순식간에 벌어진 일이었다.

아므르는 낄낄대며 웃었다.

"내가 너를 과대평가했었나 봐."

미리나리니는 거의 실신 직전이었다. 내장형 생명 유지 장치에서 다량의 스테로이드가 분비되었다. 쇼크를 막기 위한 조치였다.

비릿한 미소를 지으며, 아므르가 말했다.

"제니 첸은 너와 이야기를 하고 싶댔어. 널 죽이려던 건 내 독단이었지. 난 너희 같은 잡종들만 보면 구역질이 나거든. 사람도 기계도 아닌 것들."

"제니 첸이 너를 살려두었다니, 믿기질 않네."

"수면동에서 나오자마자 달아났거든."

"이제는 온전히 방주의 아이들 소속이 된 건가? 정말 저 외벽 너머에 뭔가가 있다고 생각하는 거야? 나는 네 부모가 태어날 무렵에 지구가 산산조각 나는 걸 두 눈으로 똑똑히 봤어. 바깥은 암흑과 진공뿐이라고…."

아므르가 코웃음을 쳤다.

"첸은 다른 말을 하던데? 벽 너머에는 분명히 다른 세상이 있댔어. 앞으로 몇 년만 견디면 새로운 세상에 도착할 수 있다고. 동굴의 노인이 보내준 증거랍시고 우리에게 알아볼 수도 없는 그림을 보여주더군. 우리 중에 누구도 그 말을 믿지 않았지. 난 말이야, 낙원이라는 게 존재한다면 좀 더 따뜻한 곳일 줄 알았어. 그래프와 숫자가 아니라 나무와 숲이 우거진 바닷가 같은 걸 상상했다고."

"상상은 자유지만 몇 년 뒤에 도착한다는 건 거짓말이야. 몇 년 안에 갈 수 있을 리 없어. 우주는 너희들의 생각보다 훨씬 넓으니까."

미리나리니의 말에 강화유리 너머로 아므르가 어깨를 으쓱 들어 보였다.

"뭐, 아무래도 상관없어. 이 깡통 같은 우주선에서 너희 늙다리들 뒤치다꺼리나 하며 사는 건 이제 지긋지긋해. 너나, 첸이나, 빌어먹을 동굴의 노인이나 다 똑같아."

방주의 아이들

"동굴의 노인은 누구지? 지금 어디에 있지?"

미리나리니는 아까부터 시간을 끌고 있었다. 아므르에게 계속 말을 걸고는 있었지만, 그를 설득하기 위해서가 아니라 죽일 기회를 엿보기 위해서였다. 그러려면 충분한 시간이 필요했다.

"나도 몰라. 첸은 항상 공동구를 돌아다니더라고. 그러니까 동굴의 노인도 저 높이 어딘가에 숨어 살고 있겠지."

아므르가 하늘을 향해 검지를 들어 올리자 그와 연동된 로봇 팔이 천장의 인공 태양을 가리켰다. 순간 잊고 있던 사실이 미리나리니의 머릿속을 스쳐 지나갔다.

'샤오 슈안의 함교는 겉만 번지르르한 가짜야. 실제로 우주선을 움직이는 곳은 기관실이지.'

원통형의 인공 태양 내부. 회전하는 우주선의 가장 깊은 곳. 그곳을 통해 우주선의 후미로 갈 수 있다. 선미에는 기관실과 엔진실, 연구동이 자리 잡고 있다.

방주가 출항할 때, 승조원 중에는 과학자와 엔지니어도 있었다. 그들은 일반적인 피난민들과는 다른 구역을 배정받았다. 민항기의 승무원을 위한 공간과 일반 승객석이 분리되어 있는 것과 같은 셈이다.

샤오 슈안이 했던 말이 떠올랐다.

'말세에는 늘 철학자와 시인, 웅변가만 넘쳐나죠. 망할

놈의 선원들은 다 어디로 갔는지.'

샤오 슈안에게는 항법사가 없다. 그렇다면 실제로 이 우주선을 운행하는 자들은? 동굴의 노인은 누구인가? 그들은 언제부터, 어디를 향해 방주를 몰아갔을까?

보안 등급이 낮은 일반 승객들은 기관실에 출입할 수 없다. 그러나 공동구를 통하면 방주의 어느 곳으로든 갈 수 있다. 샤오 슈안을 피해 공동구에 숨어 살던 제니 첸이 동굴의 노인을 만난 것도 결코 우연이 아닌 셈이다.

미리나리니가 진실을 깨달은 찰나, 아므르의 공격이 이어졌다.

강철 해머가 그녀의 가슴께를 스치고 바닥에 꽂혔다. 아므르는 미리나리니를 압박하며 그녀가 서서히 죽어가는 모습을 지켜볼 작정인 듯했다.

미리나리니는 바닥에 떨어진 방탄판을 집어 들고 컨테이너를 쌓아 만든 성벽을 향해 달렸다. 성벽 위에는 저격수들이 그녀를 향해 총을 겨누고 있었다.

"쏴버려!"

총알 세례가 쏟아졌다. 광대뼈의 살점이 찢기고 오른쪽 귓바퀴가 절반이나 떨어져 나갔다. 방탄판으로 탄환을 받아내며 컨테이너 위로 뛰어올랐다. 탄피 배출구에 총알이 걸려 엉거주춤 서 있는 애송이를 제압하고 총을 빼앗았다.

방주의 아이들

지구에서 미리나리니는 군인이었다. 그녀는 능숙한 솜씨로 총알을 재장전했다. 그러고는 어느새 드릴을 치켜든 채 코앞으로 다가온 아므르를 정면으로 마주 보았다.

아므르가 외쳤다.

"덤벼, 이 괴물아!"

미리나리니는 대답 대신 총을 쏘았다. 전면 강화유리에 쌀알 모양의 금이 생겼다. 개머리판으로 있는 힘껏 내려치자 강화유리가 쩍쩍 갈라지기 시작했다. 피투성이 손으로 깨진 유리와 코팅 필름을 잡아 뜯었다.

비명을 지르는 아므르의 관자놀이 위로 파란 실핏줄이 꿈틀거렸다. 꼭 부서지기 직전의 실금 같았다. 솜털이 보송보송한 앳된 얼굴.

미리나리니는 두 개밖에 남지 않은 손가락을 아므르의 입에 집어넣었다. 아므르의 아래턱이 장난감처럼 뽑혀 나왔다.

9

미리나리니는 절뚝거리며 공동구로 되돌아갔다. 피투성이가 된 그녀의 오른손 손가락은 두 개뿐이었고, 쇄골부터 어깨까지는 화상으로 빨갛게 부풀어 있었다. 아므르의 똘마니 몇이 총을 겨누며 그녀를 막아섰다.

미리나리니는 피가 뚝뚝 흐르는 아므르의 턱뼈를 흔들며 비키라는 손짓을 했다. 막아섰던 놈들이 흩어져 달아났다. 문준수에게 무전을 보냈다.

"공동구에서 기관실까지 가는 길을 안내해줘."

"기관실은 왜? 어차피 우리 보안 등급으로는 기관실에 못 들어가."

"제니 첸이 거기에 있어."

철제 계단과 사다리를 타고 한참을 걸었다. 우주선의 중심부에 가까워질수록 원심력이 약해졌다. 나중에는 달 표면을 걷는 기분이었다. 미리나리니는 난간을 붙잡고 천천히 앞으로 나아갔다.

마침내 기관실로 이어지는 통로 앞에 섰다. 이곳은 방주의 거주동을 밝히는 인공 태양의 내부이기도 했다. 회전하는 원통과 우주선의 중심축이 맞닿는 무중력의 공간이었다.

중심축으로 들어가기 위해서는 몇 가지 절차가 필요했다. 우선은 감속실이라 불리는, 거주동과 동일한 속도로 회전하는 방에 들어가야 한다. 감속실은 서서히 회전 속도를 늦추다가 정지할 것이다. 감속실이 회전을 멈춘 뒤에야 정지 상태인 중심축 내부로 진입할 수 있다.

중심축을 따라 피난선의 후미로 이동하면 비로소 기관실이 나온다. 중심축에서 기관실로 나갈 때는 정반대의 절차를 따라야 한다. 가속실에 들어가 원통의 회전 속도에 맞추어야 하는 것이다.

이처럼 피난선의 선수와 선미는 완전히 분리된 구조였으며, 원심력에 의한 인공 중력이 발생한 상태에서는 오직 감속실과 가속실을 통해서만 오갈 수 있었다.

미리나리니가 말했다.

"감속실 문을 열어줘."

"관리자 권한으로 가능한지 한번 시도해볼게."

은신처에 틀어박힌 문준수는 다시금 자신의 일로 돌아갔다. 우주선의 개폐 장치 제어 시스템을 살펴보고 권한 등급 조정이 가능한지를 확인하려는 것이다.

그때, 어둠 속에서 나직한 목소리가 들려왔다.

"너는 여기에 와서는 안 됐어."

제니 첸이었다. 팔짱을 낀 채 미리나리니를 내려다보는 그녀는 마치 허공을 딛고 서 있는 듯 보였다.

제니 첸이 물었다.

"기관실에서 뭘 어쩔 셈이지?"

"동굴의 노인에게 물어봐야지. 사람들을 농락하는 이

유를."

"모두 그들을 위한 일이었어. 계획을 실행으로 옮기는 건 내 몫이었지만."

미리나리니가 물었다.

"나는 왜 살려둔 거지?"

"네가 필요하다고 생각했거든. 난 우리가 친구가 될 수 있을 줄 알았어. 이제 보니 실수였던 것 같아."

미리나리니가 뭐라고 답을 하려는 순간, 제니 첸의 소매에서 칼날이 튀어나왔다. 미리나리니는 제니 첸의 소매를 붙잡으며 저항했다. 무중력의 허공에서 한데 얽혀 공방을 주고받으며, 두 사람은 원통의 바깥쪽으로 서서히 밀려났다.

미리나리니가 파이프를 박차고 공중에서 한 바퀴 몸을 돌렸다. 제니 첸의 칼날이 미리나리니의 몸이 있던 공간을 가르고 지나갔다.

수도관이 터지며 구형의 물방울들이 쏟아져 나왔다. 방사상으로 뻗어 나온 물방울은 원통의 바깥으로 비가 되어 떨어졌다.

중심축으로부터 멀어질수록 원심력은 점차 커졌다. 두 사람은 우주선의 외벽을 향해 비와 함께 추락했다. 공동구의 바닥은 이미 물웅덩이나 다름없었다. 바닥에 착지한

방주의 아이들

두 사람이 서로를 향해 달려들었다.

제니 첸의 공격은 매섭고 날카로웠다. 독사처럼 찌르고 들어오는 칼날. 미리나리니는 피투성이가 된 두 팔로 제니 첸의 공세를 받아넘겼다. 찌르는 공격을 빗겨내고 베어 오는 칼은 걸어 넘겼다. 두 사람의 팔굽과 손목이 맞닿을 때마다 둔중한 진동이 울렸다.

제니 첸은 양손을 채찍처럼 다루었다. 좌우를 두드리나 싶다가도 어느 순간 위아래로 방향을 틀었다. 급소를 찔러 오는 궤적이 변화무쌍했다. 미리나리니의 살점이 찢겨 나가고 뼈가 부러졌다.

기회를 엿보던 미리나리니가 제니 첸의 명치에 손날을 찔러 넣었다. 제니 첸의 움직임이 둔해졌다. 울대를 노려 숨을 끊으려는 찰나, 제니 첸이 시야에서 사라졌다. 공동구의 어둠 속으로 몸을 숨긴 것이다.

곧이어 미리나리니의 발치로 낡은 부츠 두 짝이 굴러들었다. 제니 첸의 신발이었다. 죽음과 같은 정적이 내려앉았다. 그제야 미리나리니는 제니 첸이 부츠를 벗어던진 이유를 알아차렸다.

'발소리가 사라졌다.'

어둠 속에서 들리는 소리라고는 비와 그녀 자신의 심장 박동뿐이었다. 어디선가 서늘한 웃음소리가 들려왔다. 메아리 때문에 방향을 가늠할 수 없었다.

미리나리니가 외쳤다.

"내 입을 막는다고 네 죄가 없어지진 않아."

"사람은 누구나 죄를 짓지. 그건 너도 마찬가지야."

"난 시민들을 구하려는 것뿐이야."

"결백이 무죄의 증거가 될 수는 없지. 대답해봐. 그 천진난만한 얼굴로 여태껏 몇이나 죽였지?"

제니 첸의 메아리가 사라지기도 전에 어둠 속에서 칼날이 튀어나왔다. 반사적으로 고개를 돌렸다. 차가운 날붙이가 뺨을 스치고 지나갔다.

미리나리니가 제니 첸의 손목을 움켜잡았다. 그러나 두 개밖에 남지 않은 손가락으로는 그녀를 오래 붙잡아둘 수 없었다.

칼을 쥔 제니 첸의 손바닥이 나팔꽃처럼 펼쳐졌다. 제니 첸이 나이프를 왼손으로 옮겨 쥐고 미리나리니의 오른쪽 옆구리를 찔렀다. 다행히 치명상은 아니었다. 제니 첸은 다시금 어둠 속으로 모습을 감췄다.

낄낄대는 목소리.

"제법이네. 하지만 그 상태로 얼마나 더 버틸 수 있을까?"

미리나리니는 허리를 세우고 숨을 골랐다. 아무것도 보이지 않았다. 어둠에 녹아든 제니 첸은 죽음과 한 몸이었다. 그녀가 곧 미리나리니를 찾아올 것이다.

눈을 감고 제니 첸이 맨발로 복도를 걷는 장면을 상상했다. 지금은 그녀의 소리 없는 발걸음이 가장 치명적인 무기다. 그걸 무력화할 방법은 하나뿐.

테이저건을 뽑아 들고 천천히 뒷걸음질 쳤다. 차가운 기둥에 등이 닿았다. 마음을 비우자 웅덩이의 물결이 신발에 부딪혀 찰랑대는 소리마저 들리는 듯했다. 미리나리니는 뇌간 임플란트의 입력 모듈을 잠시 꺼놓고, 온전히 자신의 감각에만 의지한 채 어둠을 응시했다.

귓바퀴가 간지러웠다.

미리나리니는 재빨리 몸을 숙였다. 바람 소리와 함께 기둥에서 불꽃이 튀었다. 그녀의 목을 노리던 칼이 기둥에 박혔다. 미리나리니가 노리던 바로 그 순간이었다. 물웅덩이를 향해 테이저건을 쐈다. 수면 위로 연기와 불꽃이 피어올랐다.

충격을 입은 제니 첸이 비틀거렸다. 제니 첸은 쉽게 물러서지 않았지만, 전기 충격 탓인지 공격이 무뎠다.

미리나리니의 칼이 제니 첸의 팔오금을 베었다. 미리나리니는 피가 솟구치는 제니 첸의 손목을 잡아 머리 위로 들어 올렸다. 칼끝으로 겨드랑이를 찌르고 어깨 밑으로 빠져나갔다.

그 뒤로는 몸에 익은 동선대로 손이 움직였다. 미리나리니의 칼이 제니 첸의 발뒤꿈치와 허벅지의 힘줄을 끊고 사타구니 동맥을 헤집으며 올라왔다.

꿈틀대는 제니 첸의 몸뚱이를 뒤에서 끌어안은 채, 미리나리니는 그녀의 명치 밑에 칼을 꽂아 숨을 끊었다. 쓰러지는 제니 첸은 거대한 통나무 같았다. 검붉은 피가 웅덩이를 따라 번졌다.

숨이 빠져나간 제니 첸의 몸은 작고 초라해 보였다. 군인, 게릴라, 기만자이자 암살자. 제니 첸이 달고 있던 수많은 꼬리표를 미리나리니가 끊어버렸다.

'살인이 아니야. 임무였을 뿐이야.'

그렇게 자신을 다독이며, 미리나리니는 칼을 내려놓았다.

짤그랑.

날카로운 쇳소리가 복도에 울렸다. 예전과는 뭔가 달랐다. 미리나리니가 제니 첸의 숨을 끊었듯, 제니 첸 역시 미리나리니의 마음 한구석을 베어 돌이킬 수 없게 만들어놓았던 것이다.

미리나리니는 자신의 떨리는 손을 내려다보았다. 두 손이 제니 첸의 피로 끈적거렸다. 미리나리니는 바지에 피를 닦으며 제니 첸이 했던 말을 곱씹어보았다.

'대답해봐. … 여태껏 몇이나 죽였지?'

방주의 아이들

10

문준수가 원격으로 개폐 장치를 열어주었다. 좌석에 앉아 4점식 안전벨트를 매자 감속실이 서서히 속도를 줄이기 시작했다. 급정거하는 기차에 탄 기분이었다. 감속실이 완전히 정지한 뒤에는 들어왔던 문과 반대 방향의 출구로 나갔다.

선미로 넘어간 뒤에는 가속실에서 동일한 절차를 밟았다. 기관실에 들어설 때는 어쩔 수 없이 긴장이 되었다. 1만 명의 운명을 쥐고 흔드는 괴물의 정체가, 그들을 대면했을 때 느끼게 될 감정이 궁금했다.

미리나리니를 맞이한 것은 전동 침대에 몸을 뉘인 노인이었다. 노인의 몸은 마른 장작 같았다. 검버섯과 주름으로 뒤덮여 쪼그라진 왜소한 여자. 뼈만 남은 몸뚱이에는 생명 유지 장치에 연결된 각종 호스와 전기선 따위가 넝쿨처럼 매달려 있었다.

노인의 육신에서는 생명이 빠져나가고 있었다. 인기척을 느낀 노인이 뒤늦게 미리나리니를 바라보았다. 혼탁하고 흐린 그녀의 동공은 희뿌연 회색이었다.

노인이 말했다.

"제니?"

"…"

"죽었나요?"

"어쩔 수 없었습니다."

미리나리니의 대답에 노인은 한동안 말이 없었다. 초점 없는 눈으로 허공을 응시할 뿐이었다. 별안간 노인의 눈에서 눈물이 흘러내렸다. 아이처럼 흐느끼며 노인이 말했다.

"좋은 사람이었는데… 해야 할 일을 했을 뿐인데."

"수천 명을 학살하는 일 말인가요?"

"그것만이 유일한 방법이었으니까요. 모두를 구할 수는 없어요. 우리에게는 숭고한 목표가 있고, 그걸 위해 이미 수십억 명의 지구인이 희생됐잖아요."

노인은 턱짓으로 모니터를 가리켰다. 연구동의 냉동 시설을 한눈에 살펴볼 수 있는 감시 카메라 영상이었다. 냉동 시설에는 인간을 비롯한 수만 종의 지구 생명체 배아가 잠들어 있었다.

미리나리니가 넋이 나간 듯 중얼거렸다.

"이런 게 있었다는 얘기는 들어본 적이 없어요."

"극비 사항이었습니다. 우리는 이 시설의 존재를 사람들에게 숨겨야만 했어요. 그들이 언제, 어떻게 돌변해서 무슨 짓을 저지를지 모르니까요."

"우릴 믿지 못했군요."

"우리가 견뎌야 할 것들이 너무 강했기 때문이에요. 시간은 생각보다 힘이 세답니다. 고독이나 절망 같은 건 오히려 지엽적인 문제였어요."

"다른 사람들은 모두 어디에 있죠? 승무원, 과학자, 엔지니어, 군인 들…. 책임을 지고 판단할 수 있는 사람은 없나요?"

미리나리니의 질문에 노인이 희미하게 미소를 지었다.

"모두 죽었어요."

문제가 생긴 것은 출항 직후였다. 선미의 동면 시스템이 정상적으로 작동하지 않았다. 종말에 임박해 우주선을 급조한 탓에 벌어진 사고였다.

선미 쪽 사람들은 공황 상태에 빠졌다. 거주 가능한 행성을 발견할 때까지 동면 상태로 대기하는 것이 그들의 임무였는데, 동면이 불가능해진 것이다.

선미는 번식이 가능할 만큼 인구가 충분했던 선수와는 사정이 달랐다. 70년의 세월 동안 100명 남짓한 승무원들은 지속적으로 늙어갔으며, 결국에는 모두 죽고 나루미만 남았다. 이제 그녀는 98세다. 나루미 또한 백내장과 췌장암에 걸려 죽어가고 있었다.

"선수는 오히려 인구가 늘었다고 들었습니다. 전기 사용량만 봐도 알 수 있었죠. 그 사람들, 방주의 자원을 헛되이

낭비하고 있어요."

"희망이 없다고 생각하니까요."

나루미는 미리나리니를 향해 쓸쓸한 표정을 지어 보였다.

"내가 죽은 뒤에는 누가 냉동 배아를 관리할까요? 사람들이 방주의 자원을 다 써버리면 어쩌죠? 센타우로스에 도착한다 해도 그곳에 정착하기 쉽지 않을 텐데."

"제가 진실을 이야기할게요. 사람들을 설득해서 견디도록 할게요."

미리나리니의 말을 들은 나루미가 그녀의 손을 붙잡았다.

"그러지 말아요. 사람들이 진실을 알게 해선 안 돼요."

맨 처음 계시를 받은 사람은, 다름 아닌 샤오 슈안이었다. 나루미는 제니 첸에게 그러했듯 샤오 슈안에게도 진실을 알려주었다. 샤오 슈안이 선수의 시스템을 장악하고 지도자가 될 수 있게 도왔다. 그러나 나루미의 바람과 달리 샤오 슈안은 권력에 눈이 먼 독재자가 되었다.

샤오 슈안을 믿지 않았던 제니 첸은 그들 모두가 서서히 죽어가기를 바라며 공작을 벌여왔다. 오랜 세월이 지나고 텅 빈 방주가 새 세계에 닿으면 지정된 절차에 따라 생명이 다시 뿌리내릴 것이다. 그것이 제니 첸의 대의였다.

이제 나루미가 두려워하는 건 진실을 알게 될 시민들의 분노였다. 나루미는 앞이 보이지 않는 눈을 들어 연구동의 냉동 시설을 바라보았다. 그녀는 회한과 연민에 사로잡힌 채 임종을 맞고 있었다.

"진실은 저 아이들에게 위협이 될 거예요."

미리나리니는 뭐라고 대꾸를 하려다가 그만두었다. 고개를 돌려 감시 카메라 모니터를 살폈다. 격납고의 상황은 소강상태에 접어들었다. 검은 옷을 입은 샤오 슈안의 기동대가 해산하는 방주의 아이들을 향해 총을 쏘아댔다. 불과 피, 매캐한 연기.

미리나리니는 혼란스러웠다. 이제는 그녀 또한 희망의 본질을 깨달았기 때문이다. 헛되고 무의미하지만, 그럼에도 세상에서 가장 강력한 무엇.

죽어가는 나루미에게 미리나리니가 말했다.

"나는 이제 서른이에요. 아마 앞으로 50년은 버틸 수 있을 겁니다. 그 뒤에 무슨 일이 벌어질지는 그때 가서 생각해보죠. 그때까지는 내가 배아를 돌볼게요. 당신의 뒤를 이어 이곳을 지키겠어요."

나루미는 대답하지 않았다. 그녀의 심전도 그래프는 어느새 완전한 일직선을 그리고 있었다. 그것이 그녀가 얻은 평온이기를 바라며, 미리나리니는 나루미의 눈을 감겨주었다.

무전기에서 문준수의 목소리가 흘러나왔다.

"격납고의 상황은 정리됐어. 방주는 이제 안전해."

"수고 많았어."

짧게 회신한 뒤, 미리나리니는 통신 채널을 닫았다. 더 이상 선수 쪽 일에는 관여하지 않을 작정이었다. 그 순간 미리나리니의 세상은 그들로부터 온전히 떨어져 나왔다. 그리하여 그녀는 마침내 무한한 우주를 가로지르는 단독자(單獨者)가 되었다.

가만히 눈을 감은 채 고독의 무게를 가늠해보았다. 미리나리니의 육신을 받아먹은 정적(靜寂)이 새까만 입술을 날름거렸다. 어둠을 핥는 저 침묵이 과연 얼마나 갈는지. 세월에 마모되어 재가 될 육신 위에 또 누가 헛되이 몸을 던질지.

미리나리니는 생각했다.

'몇 세대를 더 견뎌야 새로운 세상에 닿을 수 있을까?'

희망이 늘 그러하듯, 아무도 모를 일이었다.

푸른 밤

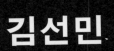

김선민

"어, 이제 공항이야. 아냐, 바로 집으로 들어갈게. 그래, 걱
정하지 말고. 여보, 잠깐만⋯. 소리가 좀 이상하네."

상훈은 핸즈프리를 매만졌다. 음량을 줄였다 키웠다 했
지만 지지직거리는 소리는 여전했다.

"소리가 왜 이러지? 여보세요! 여보, 내 말 들려?"

핸즈프리 싸구려 이어폰에서 아내의 목소리는 들리지
않았다. 기분 나쁜 지직거림이 이어졌다.

"에이, 젠장. 올라가면 당장 이거부터 바꾼다."

가끔씩 말썽을 부리던 핸즈프리가 기어이 고장 난 모양이었다. 상훈은 어쩔 수 없이 통화 종료 버튼을 눌렀다. 제주공항이 보였다. 그는 공항 한쪽 구석에 차를 댔다. 제주도 출장이 잦다 보니 공유 차량을 빌려서 이용하는 것도 익숙해졌다.

차에서 내린 상훈은 스마트폰을 이용해 앱을 켜고 차량을 반납하려 했다. 그런데 스마트폰 화면이 먹통이었다.

"이게 왜 이래?"

스마트폰을 툭툭 쳐도 말을 듣지 않았다. 상훈은 이를 갈았다. 비행기 시간이 얼마 남지 않았다.

'급할 때 꼭 속을 썩이는구만.'

스마트폰을 몇 번이나 껐다 켰다 해보았지만, 나중에는 화면이 아예 켜지지도 않았다. 상훈은 할부금이 1년이나 남은 스마트폰을 바닥에 던져버리고 싶었다.

"비싸기만 오지게 비싸고, 쓸모가 없구만!"

씩씩대며 차 문을 쾅 닫은 상훈은 공항으로 걸음을 옮겼다. 안쪽에 차량 담당 직원이 있으면 빨리 말하고 비행기를 타러 가는 게 나을 것 같았다. 그런데 상훈의 머리 위로 뭔가가 툭 털어졌다.

"뭐야, 이거? 지금 눈 오는 거야?"

6월이 다 지난 제주도였다. 눈이 떨어지기 시작했다. 상훈은 하늘을 올려다보았다. 맑았던 하늘에 소용돌이치듯 구름이 말려 올라갔다. 두터운 구름이 해를 가리자 어느새 말간 햇살이 사라지고 우중충한 그림자가 드리웠다.

"이제 날씨도 미쳐가는구만."

상훈은 급하게 건물 안으로 들어갔다. 공유 차량을 반납하기 위해 사무소를 찾아야 했다. 평소 같으면 스마트폰으로 찾았을 테지만, 완전히 먹통이 된 상황이라서 어찌할 줄을 몰랐다. 상훈은 인포메이션으로 가 안내원에게 물었다.

"저기요, 말 좀 물읍시다. 저거 차량 반납하려면 어디로…."

순간, 상훈은 물론이고 안내하는 직원까지 말을 잃었다. 공항 바깥이 눈보라에 뒤덮였기 때문이었다. 상훈은 소스라치게 놀랐다.

"눈보라라니. 저, 저게, 지금 말이 돼?"

6월에 난데없는 눈보라가 치니 공항에 있는 사람들 모두 황당하다는 표정이었다. 그때 공항에서 방송이 흘러나왔다.

승객 여러분들께 알립니다. 갑작스러운 기상 변화로 서울로 가는….

상훈은 이를 갈았다. 자신이 타야 할 비행기가 날씨 때문에 뜨지 못한다는 말이 반복해서 흘러나왔다. 공항에 발이 묶인 셈이었다. 상훈은 안내 직원을 붙들고 물었다.

"지연이라니…. 이봐요, 그럼 언제 비행기가 뜬다는 말입니까?"

푸른 밤

안내 직원이 난감해하는 표정으로 말했다.

"그건 저희도 확정적으로 말씀드리기가 어렵습니다. 기상 상황이 좋아질 때까지 기다려보는 수밖에 없습니다."

안내 직원은 들으나 마나 한 말을 내뱉었다. 상훈은 욕을 내뱉으며, 캐리어를 끌고 화장실로 갔다.

"후우…."

열을 식히기 위해 냉수로 세수도 했건만 나아지는 건 없었다. 상훈은 거울에 비친 자신의 얼굴을 보았다. 눈이 퀭하고, 얼굴이 하얗게 떠 있었다. 눈 밑에는 기미가 가득했다.

"젠장… 꼴이 말이 아니네."

그때였다. 변기 칸에서 누군가가 중얼거리는 소리가 들렸다. 기괴한 소리에 상훈은 소름이 돋았다. 둘러봤지만, 상훈뿐이었다. 계속 중얼중얼하는 소리가 들리자 상훈은 짜증이 났다.

"저기요! 똥 좀 조용히 쌉시다!"

상훈의 말을 듣기라도 했는지 갑자기 소리가 사라졌다. 그러더니 닫혀 있던 변기 칸 문이 슥 열렸다. 한 사내가 천천히 나왔다. 상훈은 거울에 비친 사내의 모습을 보고 움찔했다.

'뭐야, 미친놈인가…?'

사내의 얼굴은 누렇게 뜬 데다가 머리는 봉두난발에, 수염이 이리저리 뻗쳐 있었다. 사내는 터덜터덜 걸어서 상훈이 서 있는 세면대까지 다가왔다. 상훈은 사내에게서 나는 지린내에 인상을 찌푸렸다.

"이보시오."

사내가 상훈의 어깨를 턱 잡았다. 상훈은 반사적으로 사내의 손을 빠르게 쳐냈다.

"아이, 씨. 뭐야?"

사내의 지린내가 몸에 밸 것 같아 기분이 나빴다. 상훈이 사내를 향해 소리쳤다.

"돈 없으니까 저리 꺼져! 뭔 공항에 거지새끼가 다 있어?"

상훈은 가방을 챙겨 화장실에서 나가려 했다. 그러자 사내가 상훈을 다시 잡았다. 상훈이 주먹을 꽉 쥐고 사내를 위협했다.

"새끼야. 안 꺼져? 기분도 엿 같은데 진짜 죽을래?"

사내가 빛을 잃은 눈동자로 상훈을 보며 말했다.

"공포의 대왕이 내려오고 있소."

상훈은 사내의 말에 이를 갈았다.

"이건 뭔 또라이 새끼야? 꺼져, 거지새끼야!"

사내가 상훈의 앞을 턱 가로막았다.

"이 세상에는 수없이 많은 차원이 존재하오. 그런데, 공포의 대왕이 지구로 다가오면서 그 수많은 차원이 하나로 합쳐지고 있소."

상훈은 더 이상 참지 않고 주먹을 휘둘러 사내의 얼굴을 가격했다. 퍽 소리를 내며 사내가 화장실 바닥에 고꾸라졌다.

쓰러진 사내는 코피를 잔뜩 흘렸다. 그는 비틀비틀 일어났다. 그러고는 초점 없는 눈으로 계속 중얼거렸다.

"나는 양 씨라고 하오. 타 행성에서 환생한 다른 차원의 내가 말해주었소. 현실과 비현실이 합쳐지고, 우리가 알지 못하던 세계의 단면이 드러나고 있소. 공포의 대왕을 막아야 합니다. 안 그러면 모든 차원의 지구가 사라지게될 거요."

"뭔 미친 소리야?"

상훈은 가방을 바닥에 던지고 사내에게 달려들었다. 사내를 짓밟았다.

"죽어! 새끼야! 죽어!"

양 씨는 상훈에게 맞으면서도 중얼거리는 걸 멈추지 않았다.

"종말이… 종말이 오고 있소! 우주에서 날아오는 공포의 대왕이 차원의 경계를 부수고 우리를 멸망의 길로 이끌 것이오! 당신… 당신이 우리 차원을 멸망으로 이끌 첫 번째 타락한 자요! 당신과 마찬가지로 이 땅의 부정한 자들이 이 세계를 종말의 늪에 빠뜨릴 것이오!"

"개소리하고 있네! 어디 미친 사이비 새끼가 설교질이야!"

양 씨를 발로 실컷 차고 짓밟은 상훈은 숨을 크게 몰아쉬었다. 바닥에 쓰러진 양 씨는 피를 흘리며 여전히 종말에 대해 중얼거리고 있었다. 상훈은 그런 양 씨를 내버려 두고 세면대로 다시 가서 핸드 페이퍼를 뽑아 구두에 묻은 피를 닦았다.

"에이, 재수가 없으려니까…"

상훈은 침을 퉤 뱉었다. 손을 다시 한번 닦고 거울을 보며 머리를 쓸어 넘겼다.

"뭐야, 이거?"

상훈의 눈동자에 뭔가 가느다란 실 같은 것이 보였다. 사내를 패면서 피가 튄 것인지 눈을 몇 번인가 비벼도 사라지지 않았다. 그때 바닥에 쓰러진 사내가 또 중얼거리기 시작했다.

"안 돼…. 점점 경계가 무너진다…. 그것들이 와. 막아야 돼."

상훈은 손으로 앞섶을 탁탁 털었다.

"요즘 들어 미친놈들이 더 날뛰는구만. 젠장, 옛날처럼 싹 잡아서 삼청교육대에 보내버려야 하는데…. 망할 놈들."

그는 다시 고개를 돌려 거울 속의 자신을 보았다. 아까보다 더 초췌하고 피로해진 얼굴이었다. 상훈은 다시 세면대 앞에 서서 물을 틀고 손을 씻었다. 비누로 손바닥과 손등, 손목, 팔뚝까지 거칠게 거품을 내 박박 문지르고 닦았다.

"망할! 핏자국이 왜 이렇게 안 지워져?"

피부가 벗겨지지 않을까, 싶을 정도로 손을 문질러 씻었다. 그때 상훈은 거울 한쪽에서 이상한 것을 보았다. 5센티 정도 될까 말까 하는 금이었다.

'저게 뭐야?'

상훈은 물을 끄고 손에 묻은 물기를 툭툭 털었다. 거울에 새겨진 금이 점차 커지고 있었다. 상훈은 가까이 다가가서 점점 벌어지는 금을 보았다.

"이거… 깨진 건가?"

거울이 깨지면서 자신 쪽으로 넘어질까 싶어 뒤로 슥 물러났다. 점차 벌어진 금이 이제는 틈을 만들어냈다. 상훈은 핸드 페이퍼를 뽑아서 젖은 손을 닦고 쓰레기통에 던져버렸다.

"… 뭐야?"

상훈은 쓰레기통에서도 벌어진 틈을 찾을 수 있었다. 고개를 들어 보았다. 틈은 어디에나 있었다. 화장실 벽면은 물론, 소변기나 화장실 문에도 작은 틈이 있었다.

"제주공항, 관리 개판이네."

상훈이 문을 열고 화장실 밖으로 나가려는 참이었다. 본능적으로 문에 나 있는 틈 안을 들여다보았다. 뭔가가 보였다. 상훈은 몸이 굳어버렸다. 틈 안에서 붉게 충혈된 사람의 눈이 나타났다. 눈동자는 상훈의 눈을 빤히 들여다보았다.

"씨… 씨발!"

상훈은 문을 재빨리 열고 화장실에서 나왔다. 그는 사람들이 많이 모여 있는 곳으로 부리나케 달렸다. 상훈은 숨을 거칠게 몰아쉬었다.

푸른 밤

"뭐… 뭐야? 내가 지금 뭘 본 거야?"

분명 사람의 눈이었다. 상훈은 혼란스러웠다. 상식적으로 이해가 되지 않는 일을 겪으니 어디까지가 진짜인지 가늠이 되지 않았다.

'진정하자. 잘못 본 걸 거야. 헛것이야, 헛것.'

상훈은 한시라도 빨리 제주도를 떠나 서울로 돌아가고 싶었다. 주머니에 넣어둔 스마트폰을 꺼냈다. 전원을 켜보려고 했지만 화면은 그대로였다. 그러던 중 갑자기 지지직거리더니 화면이 바뀌었다.

"뭐, 뭐야?"

상훈과 한 여성이 성산 일출봉에서 함께 찍은 셀카였다. 그는 화들짝 놀라며 스마트폰 화면을 끄려 했다. 하지만 사진은 액정에 새겨진 듯 사라지지 않았다.

"뭐야… 고장 난 건가?"

상훈은 스마트폰 전원 버튼을 계속 눌렀다. 그러자 겨우 화면이 꺼졌다.

"후우… 어떻게 된 거야? 다 지운 사진이 왜 화면에 뜨고 지랄이야."

어느 정도 숨을 돌린 상훈은 캐리어를 화장실에 내팽개 치고 왔다는 사실을 깨달았다. 캐리어를 가지러 화장실로 향하려 했다. 그런데 발이 떨어지지 않았다. 상훈은 자신이 식은땀을 흘리고 있다는 사실을 깨달았다.

'왜 이러냐…? 이! 상! 훈! 정신 차리자!'

우우웅!

그때 상훈의 스마트폰이 울렸다. 아내였다. 상훈은 재빨리 통화 버튼을 눌렀다.

"여보세요. 어, 여보. 스마트폰이 아까부터 이상하네. 어, 여기 갑자기 눈이 와서. 아니, 눈이…. 눈보라가 치고 있어. 그래서 비행기가 못 뜨고 있네."

푸른 밤

상훈의 아내는 6월에 제주도에서 눈보라가 친다는 말을 못 믿는 눈치였다. 상훈은 뉴스라도 보라고 소리쳤다.

"왜 사람 말을 못 믿어? 아니, 그 얘기가 왜 또 지금 나와? 진짜 안 그래도 피곤한데 짜증 나게 할래? 야, 내가 그런 식으로 말하지 말라고 했어, 안 했어?"

순간 스마트폰이 다시 지지직거리면서 목소리가 깨지기 시작했다. 곧 통화가 끊어졌다. 상훈은 짜증 섞인 목소리로 소리쳤다.

"젠장… 제대로 되는 게 아무것도 없어!"

그는 거칠게 스마트폰을 끄고 주머니에 집어넣었다. 상훈은 비행기 지연 시간을 확인하기 위해 전광판 쪽으로 다가갔다. 그런데 사람들이 전광판이 아닌 대형 TV 앞에 모여 있었다. 상훈은 사람들을 헤치고 TV를 올려다보았다.

현재 한반도 남부에서 발생하는 이상기후는 3년 뒤 지구에 접근할 가능성이 높은 혜성의 영향으로 추정된다는

김선민

주장이 일각에서….

"뭐? 혜성?"

공상 과학 재난 영화에서나 볼 법한 이야기였다. 자신의 발목을 잡은 것이 다름 아닌 혜성이라는 사실을 알고 상훈은 어이가 없었다. 그는 고개를 내저으며 캐리어를 가지러 가려 했다. 그런데 상훈의 눈에 이상한 게 보였다.

'저게 뭐야?'

거대한 TV 화면에 화장실에서 본 것보다 더 큰 틈이 벌어져 있었다. 하지만 상훈을 제외한 그 누구도 TV에나 있는 거대한 틈을 알아보지 못했다. 상훈은 입을 턱 벌리며 점점 더 커지는 틈을 바라보았다. 그때 틈 안에서 이상한 소리가 들렸다.

까드드드득!

기묘한 소리를 내며 허연 손 하나가 튀어나왔다. 상훈은 깜짝 놀라 TV를 가리키며 소리를 질렀다.

푸른 밤

"저! 저거…!"

다른 사람들은 상훈의 반응에 시큰둥한 표정을 지으며 그에게서 한 발자국 떨어졌다. 상훈은 뒤로 주춤주춤 물러났다. 어느새 허연 손이 팔뚝까지 쑥 튀어나왔다.

"미, 미친… 저게 뭐야?"

하얀 손에 이어서 머리카락이 길게 늘어진 머리가 틈을 비집고 나오려 하고 있었다. 상훈은 기겁하며 뒷걸음질 쳤다. 그러다 다른 사람의 짐에 걸려 넘어지고 말았다.

"아, 거… 조심 좀 합시다."

이상한 반응을 보이는 상훈을 보며 다른 사람들은 짜증을 냈다. TV의 기괴한 존재는 이제 상반신까지 튀어나와 있었다. 상훈이 입술을 떨며 말을 뱉었다.

"귀… 귀신…."

제주공항 한복판에, 그것도 TV 패널에서 귀신이 튀어

나온다는 것을 믿어줄 사람은 아무도 없었다. 하얗게 질린 표정의 상훈을 보고 사람들은 혀를 차며 지나갈 뿐이었다. 그때 상반신이 모두 틈 밖으로 튀어나온 귀신이 길게 늘어진 머리카락 사이로 고개를 슥 들었다.

"으… 어… 어!"

붉게 충혈된 두 눈이 상훈을 똑바로 쳐다보았다. 그는 옹알이하듯 신음을 내뱉고 바닥에 쓰러진 채 뒷걸음질을 치다가 그대로 일어나서 다른 곳으로 뛰었다.

"헉, 헉…."

그는 급하게 에스컬레이터를 타고 2층을 지나 3층으로 올라갔다. 입국 심사장이 보였다.

"빠, 빨리 서울로 가야 돼! 빨리!"

상훈은 급하게 입국 심사장 안으로 들어가려 했다. 그러자 보안 요원이 상훈을 가로막았다.

"이보세요! 멈춰요!"

"꺼져! 들어가야 돼! 빨리 비행기 띄워!"

보안 요원 여럿이 상훈에게 달려들어 그를 붙들었다. 그
때 상훈은 등 뒤에서 냉기를 느꼈다. 그는 천천히 뒤를 돌
아보았다.

까드드드득!

끼리리릭!

기묘한 소리를 내며 하얗게 굳은 손발을 질질 끌고 터벅
터벅 걸어오는 귀신이 보였다. 길게 늘어진 머리카락 사이
로 귀신의 붉은 눈이 상훈을 노려보고 있었다. 상훈이 기
겁을 하며 보안 요원을 밀치려 했다.

"젠장! 비켜! 비키라고!"

상훈이 발버둥 치자 보안 요원들이 그의 팔다리를 붙
잡고 바닥에 엎드리도록 제압했다. 상훈은 고래고래 소
리를 지르며 어떻게든 벗어나려 했다. 그사이에도 귀신은
그에게 다가오고 있었다.

끼리리릭!

까드드드드득!

귀신이 한 발자국 움직일 때마다 뼈가 부서지는 듯한 소리가 상훈의 귓가에 울렸다. 상훈은 어느새 이를 부딪으며 덜덜 떨고 있었다. 귀신이 점점 자세를 낮추었다. 귀신은 네발짐승처럼 기어서 상훈에게로 가까이 다가왔다.

끼리리리릭!

귀신의 고개가 180도 꺾이자 턱이 천장을 향하고 정수리가 바닥을 향했다. 그 상태로 안구를 움직여 상훈을 내려다보았다. 보안 요원 때문에 움직일 수 없는 상훈은 귀신과 눈이 마주친 채 이만 딱딱 부딪었다.

"으으으…"

상훈은 울부짖었다. 어떻게든 빠져나오기 위해 몸을 비틀었다. 그러다 보안 요원의 팔꿈치에 맞아 코피가 주르륵 흘렀다.

"이, 이런… 움직이지 말고 가만히 계십시오!"

상훈의 코에서 피가 흐르자 당황한 보안 요원이 그를 붙잡고 있던 손을 놨다. 순간 상훈이 보안 요원을 밀치고 몸을 일으켰다.

"저리 비켜!"

그는 재빨리 귀신을 피해 다른 곳으로 도망갔다. 상훈이 달아나자 땅에 엎드려 있던 귀신이 갑자기 몸을 일으켰다.

카아아아아악!

귀신의 입에서 찢어지는 듯한 소리가 튀어나왔다.

파지직!

순간 주변에 있는 전자 기기에서 스파크가 튀며 전원이 나갔다. 형광등까지도 깜박거리며 불이 나가 주변이 어두워졌다. 사람들이 웅성거렸다.

"뭐야? 정전인가?"

상훈을 붙잡고 있던 보안 요원 중 하나가 손전등을 켰
다. 그때 보안 요원의 눈앞에 희끄무레한 뭔가가 보였다.

"뭐… 뭐야?"

보안 요원이 눈을 비비며 앞에 있는 것을 다시 보았다.
점차 선명해졌다. 보안 요원은 뱀 앞에 선 개구리처럼 뻣
뻣하게 굳었다.

"으… 어…!"

목을 길게 늘여 뺀 귀신이 고개를 뒤집은 채 보안 요원
을 노려보고 있었다. 천천히 귀신의 입이 열렸다.

아… 니야…. 오빠… 아니야….

보안 요원이 뒤로 물러설 새도 없이 귀신이 입을 쩍 벌
려 보안 요원의 머리를 삼켰다.

　　　　　　　　　　　　　　　　푸른 밤

푸슈슈슉!

머리가 사라진 보안 요원의 목에서 핏줄기가 분수처럼 튀어나왔다.

"꺄아아아악!"

나무토막처럼 툭 쓰러진 보안 요원의 몸에서 피가 이리저리 튀자 가까이 있던 사람들에게도 피가 잔뜩 묻었다. 검색대 앞은 아비규환이 됐다. 여기저기서 사람들의 비명이 튀어나왔다.

"저, 저게 뭐야?"

피에 노출된 사람들의 눈에도 기묘한 형상이 보이기 시작했다.

쩌저저적!

공항 곳곳에 금이 가기 시작했다. 사람들은 금 안에서 자신을 바라보는 기괴한 눈동자를 보고 소리를 질렀다.

김선민   199

"으아아악! 귀신! 귀신이다!"

금이 벌어지면서 다른 귀신들이 손을 뻗어 밖으로 나왔다. 목이 달랑달랑 붙어 있는 남자, 머리가 반으로 쪼개져 혀를 날름거리는 여자, 두 다리가 없는 어린아이가 바닥을 기어 왔다.

귀신을 본 사람들이 놀라서 비명을 지르며 이리저리 뛰어다녔다. 에스컬레이터 쪽에서는 역주행으로 뛰어가다가 사람들에게 걸려 모두 넘어졌다. 도미노처럼 사람들이 에스컬레이터에서 굴러 떨어졌다.

퍽!

심하게 구른 여자는 바닥에 잘못 떨어지면서 머리가 깨졌다. 주변 사람들 몸에 피와 뇌수가 잔뜩 튀었다. 머리가 터져 죽은 여자를 보고 사람들이 소리쳤다.

"사람… 사람이 죽었어!"
"빠, 빨리 앰뷸런스… 앰뷸런스 불러요!"

스마트폰을 꺼내 구급대를 부르려고 했지만, 그들은 이내 폰을 툭 떨어뜨렸다. 에스컬레이터를 타고 내려오는 기괴한 형상을 봤기 때문이다.

"아…."

너무 놀라서 사람들이 움직이지 못하자 귀신들이 이빨을 드러내며 달려들었다. 공항이 사람들의 비명으로 채워졌다.

공항의 3층과 2층에 난리가 났을 때 상훈은 다시 1층으로 뛰어 내려갔다. 그는 주르륵 흐르는 코피를 슥 닦고 공항 바깥쪽 게이트로 뛰어갔다. 눈이 내린 지 한 시간도 안 됐는데 벌써 눈이 발목 위까지 쌓여 있었다.

"미친! 말도 안 돼. 젠장…."

그는 눈발을 헤치고 게이트 바깥으로 나가려 했다. 그때 뒤에서 비명이 들렸다.

"까아아악! 살려줘!"

김선민   201

"괴물! 괴물이야!"

상훈은 뒤를 돌아보았다. 귀신이 사람들의 목을 머리카락에 둘둘 감아 매달고 공항 2층에서 터벅터벅 걸어오고 있었다. 귀신은 아까보다 몸집이 더 커져 있었다. 상훈은 이를 딱딱 부딪었다. 귀신이 목을 길게 늘여 여기저기를 휘돌아보더니 게이트 앞에 있는 상훈을 발견했다.

찾… 았… 다….

팔과 다리를 쭉 뻗어서 에스컬레이터 쪽으로 오더니 그대로 네 발로 툭툭 기어서 1층으로 내려왔다.

"오, 오지 마!"

상훈은 울부짖으면서 게이트 바깥으로 나갔다. 공항 안은 비명과 사람들이 서로 우당탕 도망치는 소리로 가득 찼다. 상훈은 뒤도 돌아보지 않고 눈길을 파헤치며 자신이 타고 온 차가 있는 쪽으로 뛰어갔다.

"망할! 이 개 같은 섬!"

제주도에 처음 올 때는 모든 것이 좋았다. 멋진 풍경, 맑은 공기. 일도 잘 풀려서 동기들보다 먼저 승진도 할 수 있었다. 승진을 하면서 제주도 출장 횟수가 더 빈번해졌다. 그가 제주도에 올 때마다 거래처 쪽 담당자가 상훈과 함께 현장을 둘러보기 위해 공항에 마중을 나왔다. 거래처 담당자는 보기 드문 미인이었고, 상훈은 결혼을 한 지 1년도 안 되었지만 어느새 그 여자에게 끌리고 있었다.

"젠장! 어디야? 어디?"

온통 눈에 덮여 타고 온 차를 알 수가 없었다. 그는 급하게 스마트폰을 꺼내 전원을 다시 켜보았다. 화면이 지지직거리다 아까의 사진이 액정에 떴다. 상훈은 아내가 아닌 다른 여인을 끌어안고 입을 맞추고 있었다. 다름 아닌 거래처 담당자였다.

"말 좀 들어라, 미친 스마트폰 새끼야!"

처음에는 깊은 관계가 될 거라고 생각하지 않았다. 같이 있는 시간이 많다 보니 얘기를 하게 됐고, 말이 어느 정도 통하다 보니 같이 밥을 먹게 됐다. 그러다가 술을 한잔

하게 됐고, 얘기가 밤새 이어졌다. 아침에 정신을 차려보니 상훈의 옆에 여자가 누워 있었다.

"여긴가? 어디야?"

상훈은 차와 차 사이를 오가며 자신이 타고 온 차를 찾았다. 그러던 중 겨우 차를 발견했다. 그는 급하게 문을 열었다.

"헉… 헉…."

차에 탄 상훈은 핸들을 붙잡고 숨을 잠시 돌렸다. 시동을 걸려고 하는데 갑자기 조수석 쪽에 던져놓은 스마트폰이 울리기 시작했다. 상훈은 스마트폰 화면을 확인했다. 순간 그의 얼굴이 하얗게 굳었다.

"수, 수진이가… 어… 어떻게?"

여자와의 만남은 상훈에게 설렘을 주었다. 제주도 출장을 일부러 만들어서 갔다. 한 달에 절반은 제주도에 있는 셈이었다. 집에 있는 아내보다도 제주도에서 그 여자와 함께 있는 시간이 더 길었다.

상훈은 자신의 성취에 취해 있었다. 직장에서는 능력으로 인정받는 직원이었고, 가정에 충실한 남편이었으며, 제주도에서는 애인이 자신을 기다리고 있었다. 제주도에 내려갈 때마다 상훈은 그 여자와 하루 종일 즐거운 시간을 보냈다.

문제는 그러고 몇 달이 지나서였다. 마냥 즐겁기만 했던 여자와의 시간이 부담이 되기 시작했다. 여자는 상훈에게 바라는 게 많아졌고 짜증을 내기 시작했다. 급기야는 아내와의 이혼을 요구했다. 상훈은 정색했다. 그는 아내와 헤어질 생각이 전혀 없었다. 여자와 만나는 것은 제주도에서의 일탈 같은 것이라 생각했다. 그는 자신이 만들어놓은 완벽한 밸런스를 깨고 싶지 않았다.

하지만 상훈이 완벽하다고 생각했던 밸런스는 그만의 착각이었다. 어느 날 여자가 서울에 있는 상훈의 회사 앞으로 불쑥 찾아왔다. 상훈은 기겁하며 여자를 다시 제주도로 보내려 했다. 하지만 여자는 돌아가지 않고 상훈을 붙들었다. 그는 어쩔 수 없이 여자를 데리고 모텔에서 하룻밤을 보내야 했다. 제주도에서는 한 번도 느껴보지 못한 죄책감을, 서울의 모텔 침대 위에서는 여실히 느꼈다. 그렇게 그가 만들어놓은 밸런스는 무너졌다.

상훈은 손을 덜덜 떨면서 스마트폰을 집어 들었다. 지운 지 몇 달이나 된 사진과 번호가 액정에 고스란히 떠 있었다. 그는 '수진'이라는 이름을 보며 떨리는 손으로 애써 종료 버튼을 눌렀다. 그러자 스마트폰은 다시 잠잠해졌다. 그는 어금니를 꽉 물고 핸들을 주먹으로 팍 내리쳤다.

"제기랄! 왜 하필 나한테 이런 일이…."

여자의 집착은 날이 갈수록 심해졌다. 상훈의 집 앞까지 찾아온 적도 있었다. 그의 아내에게 상훈과 자신의 관계를 밝히겠다고 소리를 질렀다. 그는 처음으로 여자에게 손을 댔다. 여자의 입에서 진득한 피가 주르륵 흘렀다. 상훈의 모든 것이 무너지기 시작했다. 상황이 이러니 업무가 잘 될 리 없었다. 실적은 물론이고 아내와의 관계 역시 삐걱대고 있었다. 아내는 상훈의 태도가 수상했는지 그의 늦은 귀가나 잦은 출장에 민감한 반응을 보였다.

모든 것에 지쳐갈 때쯤 상훈은 여자를 진정시키기 위해 제주도로 내려갔다. 그는 여자의 집으로 가서 그녀에게 무릎을 꿇고 사죄를 했다. 상훈은 여자에게 이혼을 약속하고 그녀에게로 오겠다는 말을 남겼다. 화가 풀린 여자는 상훈을 부둥켜안고 감동의 눈물을 흘렸다. 두 사람은 나체가 되어 방 안을 뒹굴었다. 여자는 그날따라 숨을 더욱 헐떡였다.

상훈은 땀에 젖은 여자를 품에 안고 말했다. 같이 드라이브를 가는 것이 어떻겠느냐고…. 여자는 상훈을 따라나섰다. 해가 어둑어둑 질 때쯤이었다. 상훈과 여자는 제주도 푸른 밤의 아름다움에 대해 이야기를 나누었다. 처음 두 사람이 만났을 때를 이야기했다. 처음 만난 날 함께 갔던 식당과 그때 나온 메뉴를 이야기하며 미소를 지었다. 여자는 상훈의 팔을 잡으며 행복하다고 말했다. 이 행복이 계속됐으면 좋겠다고 되뇌었다. 인적이 드물고 어두운 곳에 차를 세웠다. 그 차를 타고 돌아온 사람은 하나뿐이었다.

우우우우웅!

시동을 걸고 공항 바깥으로 나간 상훈은 눈보라에 시야가 흐려 몸을 잔뜩 움츠린 채 운전을 하고 있었다. 상훈은 조수석에서 웅웅거리는 스마트폰이 미치도록 신경 쓰였다. 그는 옆을 힐끔 보았다. 스마트폰에 떠오른 이름을 보고 어금니를 꽉 물었다.

"으으… 말도 안 돼. 수진이는 죽었어. 그때 죽었다고!"

멋진 밤하늘을 보고 싶다며 차에서 내린 여자는 그만 발을 헛디며 절벽 아래로 추락하고 말았다.

"나는 아무 잘못 없어! 모두 다 그년 때문이야!"

계속 진동이 울렸다. 상훈은 스마트폰을 들고 창문을 열었다.

"꺼져, 미친년아!"

그는 바깥으로 스마트폰을 던져버렸다. 휘몰아치는 눈보라를 뚫고 더욱 속력을 냈다. 그런데 상훈의 앞에 순간 거대한 뭔가가 나타났다.

푸른 밤

"아아악!"

그가 급하게 브레이크를 밟았다. 하지만 눈길이 미끄러워서 브레이크가 제대로 들지 않았다. 차가 도로에서 빙글빙글 돌다 절벽 쪽의 가드레일을 쾅 들이받았다. 상훈은 핸들과 창문 쪽에 머리를 크게 부딪혔다.

"헉… 헉…."

겨우 정신을 차린 그는 안전벨트를 풀고 차 바깥으로 나가려 했다. 그런데 차가 가드레일에 절반 정도 아슬아슬하게 걸쳐져 있었다. 상훈은 조심스럽게 문을 열려고 했다. 그때 창문 옆으로 뭔가가 스윽 다가왔다.

"으으으…."

붉은 눈이 상훈을 노려보았다. 귀신의 입이 천천히 열렸다.

왜… 안 받아…, 오빠… 왜 연락… 안 돼….

"아니야, 아니야! 수진이는 죽었어!"

수진이… 오빠… 보고 싶었어….

"으아악! 저리 가! 제발 저리 가!"

상훈이 반대편 문으로 기어가려 했다. 순간 절벽에 걸쳐져 있던 차가 기우뚱했다. 상훈이 기겁을 했다.

"으어어… 제발… 제발 살려줘."

귀신이 목을 길게 빼서 상훈의 얼굴과 마주했다.

수진이 뽀뽀해줘… 오빠….

"제발…. 내가 잘못했다. 내가 미안하다 수진아…. 제발 용서해줘…. 으아아아아…."

귀신의 얼굴이 점차 다가오자 상훈은 순간적으로 옆의 문을 툭 열었다. 그때 균형이 반대쪽으로 넘어가면서 차가 절벽 아래로 굴러 떨어지고 말았다. 상훈을 태운 차는 어느새 파도치는 절벽 아래로 완전히 가라앉아버렸다.

이제 오빠랑… 수진이랑 평생 함께야….

◆

"이게 뭐야?"

선장은 팽팽하게 당겨진 그물을 살폈다. 그물에 뭔가가 걸렸는지 위로 올라오지를 못했다. 선장은 기계를 잠시 멈췄다.

쿠구구구구!

선장은 직접 그물을 잡아당겼다. 그물을 모두 당겨 배 안으로 끌어 올렸다.

쿵!

갑판에 묵직한 소리가 울렸다. 안쪽을 살펴본 선장은 깜짝 놀랐다.

"이, 이게 뭐야? 시, 시체?"

바다로 시체가 떠내려오는 일은 가끔 있었다. 하지만
그물 안에 든 시체는 다른 시체와 달랐다.

"왜 시체가… 물에 불지도 않고…. 뭐여, 이건?"

남자의 시체는 물에서 건져 올린 것치고는 너무 멀쩡했
다. 창백하게 질린 남자는 뭔가에 놀란 듯 붉게 충혈된 눈
을 부릅뜨고 뻣뻣하게 굳어 있었다.

"아니, 뭐 이런 게…. 시… 시체가 맞긴 한 건가?"

언뜻 보기에는 잘 만들어놓은 밀랍 인형처럼 보이기도
했다. 선장은 다가가서 작살로 남자의 시체를 툭툭 만져
보았다. 시체의 주머니에서 지갑이 떨어졌다. 선장은 지
갑을 주워 확인해보았다. 신용카드가 빽빽하게 꽂혀 있었
고, 안쪽에는 주민등록증이 있었다.

"이름이⋯ 상훈, 이상훈이구만. 주소가⋯ 서울 사람이 어떻게 여기까지 떠내려온 거지?"

선장은 이상하게 여기며 작살로 죽은 남자를 쿡쿡 찔러보았다. 그때 갑자기 남자의 시체가 우두두둑 소리를 내면서 우그러지기 시작했다.

피슉! 푸슉!

남자의 몸이 기묘하게 우그러지면서 펑 소리와 함께 터졌다.

"으악! 이게 뭐야!"

남자의 시체가 폭발하면서 찐득하고 검붉은 피가 배의 사방으로 튀었다. 선장 역시 피를 그대로 뒤집어쓰고 말았다.

"이런 젠장! 재수가 없으려니까!"

선장은 터져 나간 시체 파편들을 그대로 주워 통에 담

아 다시 바닷속으로 던져버렸다. 그리고 얼굴에 묻은 찐 득한 검은 액체를 수건으로 닦아냈다.

"뭐야, 이게 도대체…?"

얼굴을 닦은 선장은 다시 그물을 잡으려 했다. 그런데 그의 눈에 이상한 게 보였다.

"뭐야? 저거 금이 간 건가?"

눈을 비비고 다시 보니 아무것도 없었다. 그는 그물을 거두었다. 빨리 그물을 거두고 오늘 안에 부산으로 돌아 가야 했다. 선장의 머릿속에는 이미 시체 따위 지워진 지 오래였다. 그때 선장의 눈에 보이던 금들이 서서히 벌어 지기 시작했다.

키기기기긱!

눈동자가 없이 하얀 안구만 가진, 머리가 벗겨진 남자 가 손을 뻗어 그 안에서 나오려고 발버둥 쳤다. 선장은 다 시 그물을 챙기느라 정신이 없었다.

푸른 밤

카드드득!

어느새 머리가 벗겨진, 푸른 얼굴을 한 남자의 상체가 모두 빠져나왔다. 그의 몸은 바닷물에 젖어 있었고, 입에서는 끊임없이 물이 흘러나왔다.

커허허어어억!

남자의 입에서 숨이 끊어질 듯한 소리가 났다. 그물을 다 정리한 선장은 그제서야 뒤를 돌아보았다.

"이게 무슨 소리…."

남자의 얼굴을 본 선장이 깜짝 놀랐다.

"뭐, 뭐여? 기… 김 씨? 어, 어떻게?"

끼리리릭! 까드드득!

기괴한 소리를 내며 다가오는 푸른 얼굴의 남자. 김 씨가 선장에게 천천히 다가왔다. 선장이 덜덜 떨면서 옆에 있는 작살을 쥐고 휘둘렀다.

"기, 김 씨! 그, 그때 분명 죽은 거 확인하고 바다에 버렸는… 오, 오지 마!"

김 씨의 몸에서 뼈와 뼈가 부딪는 소리가 났다. 그의 복부에는 거대한 구멍이 뚫려 있었다.

친구야… 나를… 왜….

김 씨의 입에서 울컥울컥 바닷물이 튀어나왔다. 선장이 뒷걸음질 치며 작살을 휘둘렀다.

"오지 마! 오지 마, 이 새끼야!"

나를… 왜 … 죽였어?

순간 김 씨의 움직임이 멈추었다. 선장이 숨을 죽이고 김 씨를 보았다. 오래전에 김 씨의 배를 꿰뚫었던 작살을 꼭 쥔 선장의 눈가가 파르르 떨렸다. 작살 끝에서 물방울이 툭 떨어졌다.

카학!

김 씨의 갈라진 배에서 촉수가 튀어나왔다.

"으아아악!"

날카로운 이빨이 달린 촉수가 선장의 몸을 휘감고 그의
뱃가죽을 파고들어 내장을 물어뜯었다.

"아아아아악! 사, 살려줘!"

내장을 파먹히는 고통으로 선장이 울부짖었다. 김 씨 역
시 선장에게 달려들었다. 그는 날카로운 이빨로 선장의 목
을 물어뜯었다. 그의 목덜미에서 검은 피가 솟구쳤다.

"*끄*륵…. *끄*… 기… 김 씨, 사… 살려…."

배 안에 선장의 비명이 울려 퍼졌다. 하지만 바다 위에
서 그 비명을 들을 사람은 아무도 없었다. 얼마 뒤 비명이
끊겼다. 배 안은 죽은 선장이 흘린 피로 가득 차 있었다.

김선민

맑은 햇볕이 갑판을 비추자 찐득한 피에서 거품이 일었다. 피가 살아 있는 것처럼 움직이며 죽은 선장의 몸속으로 스며들어갔다. 처음 배에서 건진 상훈의 시체처럼 선장의 얼굴은 새하얀 밀랍 인형같이 변했다. 선장의 몸속에 스며든 검은 피는 새로운 숙주를 찾으려는 듯 시체 안쪽에서 꿈틀거렸다.

　날씨는 맑았고, 바람은 약했으며, 바다는 평온했다. 배는 홀로 서서히 부산을 향해 흘러갔다.

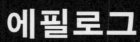

에필로그

김동식

"예? 김동식 작가도 참여한다고요?"

한두 명이 아닌, 모두의 얼굴에서 우려가 피어났다. '지구 종말 앤솔러지'의 기획자인 정명섭은 그들을 향해 고개를 끄덕이며 말했다.

"예. 마지막 한 자리에 김동식 작가님을 넣기로 했습니다. 이로써 '지구 종말 앤솔러지'의 최종 멤버는 조영주 작가, 신원섭 작가, 김선민 작가, 정명섭 작가, 김동식 작가 다섯으로 결정되었습니다."

조영주와 신원섭, 김선민은 서로를 돌아보며 눈치를 살

221

폈다. 셋은 너 나 할 것 없이 꺼리는 모양새로 의견을 내놓았다.

　"김동식 작가님 소문이 좀…."
　"그분 너무 매너가 없고 괴짜라는 소문이…."
　"소문만이 아니라 전 직접 경험도 했습니다. 그 양반 완전 좀, 사회 부적응자? 사이코? 느낌인데."

　정명섭은 이해한다는 표정으로 설득했다.

　"소문은 저도 압니다. 하지만 그분 특유의 마니아층이 있는 것도 사실이고, 이 소재가 그분 전문인 것도 사실이지 않습니까? 작가 말고 글로만 봅시다. 내용만 괜찮고, 마감 날짜만 지킨다면 상관없지 않겠습니까? 사회적으로 물의를 일으킨 작가는 아니니까."
　"그렇긴 한데요…."
　"자자, 우리 '지구 종말 앤솔러지'만 생각합시다. 그럼 이렇게 최종 멤버에 동의하시는 것으로?"
　"알겠습니다."
　"알았어요."
　"저도 뭐, 좋아요."

약간의 불안감을 남긴 채, 작가들의 '지구 종말 앤솔러지'는 시작됐다.

◆

[정명섭 님이 김동식 님을 초대했습니다.]

정명섭: 안녕하세요~ 김동식 작가님. 여기가 '지구 종말 앤솔러지' 팀 단톡방입니다. 앞으로 이 방에서 필요한 이야기나 의견 나누고 하시면 됩니다.

조영주: 안녕하세요!

신원섭: 안녕하십니까, 신원섭입니다.

김선민: 안녕하세요, 김선민입니다.

조영주: 일단 서로 전화번호라도 교환할까요? 제 번호는요.

[김동식 님이 나갔습니다.]

조영주: 엇

김선민: ??

정명섭: 아 이런.

[정명섭 님이 김동식 님을 초대했습니다.]

정명섭: 작가님.

[김동식 님이 나갔습니다.]

정명섭: 허.

신원섭: 일부러 나갔네요.

김선민: 저 양반 원래 저래요. 냅두죠.

조영주: 뭐 저런.

정명섭: 자자. 그냥 넷이서 단톡방 합시다. 중요한 사항은 제가 따로 전달할 테니, 제게 말씀해주시고요.

조영주: 참 나.

신원섭: 전혀 소통이 안 되는데, 괜찮겠습니까?

김선민: 정명섭 작가님이 고생하시겠네.

정명섭: 어떻게든 해봐야죠. 제가 기획했으니까.

◆

정명섭은 골치가 아팠지만, 문자를 다시 남겼다.

[작가님. 지구 종말 로그라인은 공유해주셔야 다른 분들도 겹치지 않게 작업이 가능하시거든요.]

스마트폰 화면 속 문자 창은 9대 1의 비율로 정명섭의 문자만 가득했다. 정명섭이 거듭 문자를 보냈을 때에야, 평소와 똑같은 답장이 도착했다.

[예.]

초단답형에 뭐가 '예'인지도 모를 문자지만, 정명섭은 더 묻지 않기로 했다. 이 정도만 해도 대단한 것이란 걸 그는 이미 체험했다.

"어휴! 괜히 같이하자고 했나?"

작가는 글로 말하면 된다고 생각해오던 정명섭의 가치관이 조금, 흔들렸다.

그날, 새벽 4시에 문자가 도착했다.

[로그라인 미정.]

"아이 씨…."

문자 소리에 깬 정명섭은 스마트폰을 확인하고는 다시
베개에 얼굴을 파묻었다.

◆

정명섭: 계약서는 모두 받아보셨죠? 이의 제기하실 곳이
없다면 그렇게 진행하겠습니다. 다음 주 월요일에 '카페
홈즈'에 모여서 사인하기로 하고요, 맛난 것도 먹죠.
　김선민: 네. 계약서에 이상 없네요.
　조영주: 떡볶이 먹죠!
　정명섭: 떡볶이는 혼자 드시고, 고기 먹어야죠.
　조영주: 앗 아앗.
　신원섭: 김동식 작가님은요? 그분도 그날 오신대요?
　김선민: 그 양반 절대 안 올 텐데.

정명섭: 일단 제가 최대한 말씀드리겠습니다.

정명섭은 그렇게 얘기는 했지만, 한숨을 내쉬었다. 그가 과연 부른다고 올까? 아마 계약서도 우편으로 처리할 게 뻔했다. 그래도 정명섭은 문자를 보냈다.

[김동식 작가님. 다음 주 월요일에 카페 홈즈에 모여서 계약서에 사인하고 식사도 함께하기로 했습니다. 한번 오셔서 얼굴도 뵙고 식사도 하고 하시죠.]

답장은 없었다.

◆

소고기 굽는 소리를 배경 삼아 와자지껄 작가들의 수다가 한참이었다.

"오늘 고기는 정명섭 작가님이 쏘신답니다! 비싼 것만 드십시다!"
"와~ 꽃등심! 꽃등심!"

"아주머니~ 여기 꽃등심 같은 우겹살 주세요~!"

서로 이미 친한 작가들 사이에 웃음과 대화가 끊이질
않았다. 문득, 조영주가 물었다.

"김동식 작가님은 결국 안 오시는 거죠?"
"그분 절대 안 올 거라고 했잖아요."
"와서 좀 작품 이야기도 나누고 하면 좋을 텐데, 참."
"정명섭 작가님이 고기 사진 맛있게 찍어서 보내봐요."
"뭐야 그게~."

조영주의 의견대로 정명섭이 사진을 찍었다. 그게 통할
거라는 생각보다는 술자리 퍼포먼스에 가까웠지만, 사진
은 전송했다.

[작가님, 소고기 드시러 오시죠.]

역시나 답장은 없었다. 한데 자리가 파할 즈음.

"어, 뭐야?"

스마트폰을 확인한 정명섭은 황당했다. 김동식에게 보낸 사진에, 사진으로 답장이 왔다. 고깃집 전경을 밖에서 찍은 사진이었다. 유리창 너머로 웃고 있는 본인들의 모습이 담겨 있었다.

황급히 일어나 유리창 너머를 돌아본 정명섭은 인상을 찌푸리며 문자를 썼다. 궁금해하던 조영주가 물었다.

"왜 그래요, 작가님?"
"아니, 김동식 작가님한테 문자가 왔는데."

[작가님 어디십니까? 오셨습니까? 안으로 들어오시죠.]

문자를 보낸 정명섭은 아까 도착한 사진을 사람들과 공유했다.

"뭐야? 왔으면 들어오지 왜 사진만 찍어?"
"희한한 분이시네, 정말."
"나가서 찾아볼까요?"

사람들이 웅성거릴 때, 정명섭의 스마트폰으로 문자가 도착했다.

[집입니다.]

"엥?"

문자를 확인한 사람들은 황당한 표정이 되었다.

"여기까지 왔다가 먹는 것만 구경하고 그냥 갔다고? 뭐 그런…"
"대박, 진짜 소문 그대로다! 와~ 신기해!"

그들의 상식으로는 이해할 수 없었지만, 어느새 유명한 괴짜 작가들의 이름을 거론하며 수다가 시작되었다. 정명섭이 따로 김동식에게 문자를 보냈지만, 답장은 오지 않았다. 그러려니 한 작가들은 괴짜 작가들에 대한 이야기를 나누다가 자리를 파했다.

그날 밤, 집에 돌아온 정명섭은 너무 궁금해서 한 번 더 문자를 보냈다.

[도대체 왜 왔다가 그냥 가신 겁니까? 멀리 나오셨으면 그냥 들어오시지.]

에필로그

기대하지 않았던 답장은 잠자리에 들기 직전에 도착했다. 그 내용은 그의 얼굴을 대번에 찌부러뜨렸다.

[종말을 쓰는 사람들의 표정이 그렇게 밝아도 되는 겁니까?]

"뭔 말이야, 이게?"

[그게 무슨 말씀이십니까?]

답장은 없었다. 정명섭은 고개를 흔들며 자리에 누웠다.

◆

떡볶이 마니아인 조영주는 숨겨진 떡볶이 맛집을 찾아서 행복해했다. 그 행복은 SNS에 그대로 올라갔다.

[떡볶이 전문가로서 진짜 맛집 인정! 크, 사진 보니까 또 먹고 싶다! 떡볶이 먹을 때가 가장 행복합니다! #음식이사라지는마술 #떡볶이 #떡볶이맛집 #떡볶이덕후]

그 게시물에 달린 지인들의 즐거운 댓글들 사이, 낯선 댓글 하나가 그녀의 신경에 거슬렸다.

[그렇게 행복해서 종말을 제대로 쓸 수 있으시겠습니까?]

"뭐야?"

모르는 아이디의 댓글을 눌러본 조영주는 그가 김동식이라는 사실을 알았다. 그녀는 '지구 종말 앤솔러지' 단톡방에 물었다.

조영주: 이 아이디 김동식 작가님 맞죠? 이 댓글 이게 뭔 말이에요?

그녀의 톡을 본 정명섭이 답했다.

정명섭: 맞는 것 같긴 한데, 제가 여쭤보겠습니다.

김동식에게 문자를 보내며, 정명섭은 전에 받았던 문자가 생각나 신경이 쓰였다. 좋지 않은 예감이 들었다.

[김동식 작가님. 조영주 작가님 SNS에 댓글 남기셨습니까? 전에 남기신 문자도 그렇고, 무슨 뜻입니까?]

답장은 없었다. 정명섭은 답답해서 전화를 걸고 싶었지만, 김동식이 받은 기억이 없었기에 그만두었다. 그러는 사이 단톡방에서는 김선민의 제보도 잇따랐다.

김선민: 이제 보니 그 아이디가 김동식 작가님이었군요? 제가 양꼬치 먹는 사진을 올렸을 때도 비슷한 댓글이 달렸었는데….

조영주: 그래요? 뭐 하자는 걸까요? 댓글 내용만 보면 무슨, 제 글 쓰는 자세가 마음에 안 든다는 얘기 같은데요.

신원섭: 말도 안 되네요.

단톡방에서 김동식에 대한 반응이 좋지 않음이 느껴졌다. 정명섭은 앤솔러지에 김동식을 넣은 게 실수였다는 생각이 들기 시작했다.

정명섭: 조금 특이한 분이니까 이해합시다. 그분 말씀은 신경 쓰지 마시고, 작가님들은 편하게 하시던 대로 본인 작품만 쓰시면 될 것 같습니다.

단톡방에 글을 남긴 후, 정명섭은 다시 한번 김동식에게 문자를 보내려고 했다. 한데 쓰는 도중에 그에게 문자가 도착했다. 볼링을 치고 있는 신원섭을 몰래 찍은 사진이었다.

[종말을 써야 하는데 볼링 생각이 납니까?]

"뭐야, 이거?"

정명섭은 소름 끼치는 얼굴로 빠르게 답장했다.

[이게 뭐 하시는 겁니까? 지금 작가분들을 감시하는 겁니까? 일부러 미행해서 사진을 찍으신 겁니까? 이해하려고 해도 이런 행동은 받아들이기가 힘듭니다. 당장 그만둬주시길 바랍니다.]

"또라이도 아니고 진짜!"

[무엇을 지적하고 싶으신 건지 도통 모르겠습니다. 다른 작가분들도 모두 프로입니다. 김동식 작가님께서 신경 쓰지 않더라도 그분들 모두 훌륭한 지구 종말 앤솔러지를

234   에필로그

내놓으실 겁니다. SNS든 이런 스토커 같은 사진이든, 앞으로는 절대 간섭하는 일 없었으면 합니다.]

정리하지도 않고 단번에 할 말을 쏟아낸 정명섭은, 늘 그래 왔듯이 답장을 기대하지 않았다. 그는 이제라도 김동식을 앤솔러지에서 빼야 하나 고민했다. 그때, 김동식의 답장이 도착했다.

[굶어보지 않고도 배고픔을 쓸 수 있습니까? 종말을 쓰려거든 최소한 종말 흉내라도 내야지요. 저는 매일 최소한의 한 끼로 굶주린 상태를 유지하고, 집에서 두꺼비집을 내린 채로 생활하고 있습니다. 사람들과의 만남은 모두 끊었고, 매일 세상은 끝났다며 스스로를 세뇌하고 있습니다. 행복한 사람이, 즐거운 상태로, 기분 좋은 컨디션으로 쓴 글이, 과연 종말이겠습니까?]

정명섭은 조금 놀랐다. 저럴 필요가 있느냐는 생각이 드는 동시에, 묘하게 기대도 되었다. 메소드 연기처럼 저렇게 글을 쓴다면 어떤 글이 나올까? 그 글이 궁금했다.

[작가님이 글을 쓰는 방식은 존중하겠습니다. 하지만

다른 작가분들께 피해가 가지 않도록 해주셨으면 합니다. 저는 꼭 다섯 명으로 지구 종말 앤솔러지를 마무리하고 싶습니다. 부탁드립니다.]

이번에는 답장이 없었다. 정명섭은 포기했다.

다행히, 그날 이후로 김동식이 다른 작가에게 간섭하는 일은 없었다. 물론 교류도 전혀 없었다. 정명섭도 차라리 잘됐다고 생각하며 굳이 연락하지 않았다. 그는 김동식이 혼자 써낼 단편이 앤솔러지에 개성을 부여해줄 것이라 기대했다. 조화를 이루는 것은 다른 네 작가의 작품만으로도 충분하리라고 생각했다.

그렇게 정리하면 더는 골치 아픈 일이 없을 줄 알았지만, 출판사에서 정명섭에게 요구를 하나 해 왔다.

"정명섭 작가님. 저희 출판사가 전에 다른 펀딩에서 1억 원 찍었던 거 아시죠? 이번에도 제대로 준비해서 펀딩을 열어볼 생각이거든요. 그래서 말인데, 홍보 영상으로 로그라인 발표 장면을 찍었으면 하는데요. 다섯 분이 모두 참여해주셨으면 해요."

"로그라인을 발표하는 영상이오?"

"네. 카페 홈즈 같은 곳에서 간단하게 찍으면 될 것 같아요. 가능하시겠죠?"

"가능은 하겠지만, 다섯 명 모두 말입니까? 김동식 작가 때문에 힘들 것 같은데…"

"저희도 그게 걱정이에요. 정명섭 작가님께서 어떻게든 설득 좀 해주세요. 저희는 솔직히 그분, 자신 없어요. 너무 이상하… 그렇잖아요? 부탁드려요 작가님."

"어휴, 알겠습니다."

정명섭은 어쩔 수 없었다. 기획자라는 짐이 무거웠다. 그는 지난한 설득을 예상하며 김동식에게 문자를 보냈다.

[김동식 작가님. 이번에 카페 홈즈에서 지구 종말 앤솔러지 작가분들이 모여서 로그라인을 발표할 생각인데, 꼭 참석해주셨으면 좋겠습니다. 출판사에서 홍보 영상에 로그라인 발표하는 장면을 쓸 생각이랍니다. 이번에는 꼭 참석하셔서 서로 친목도 다지고 로그라인도 체크하였으면 합니다. 부탁드립니다.]

답장은 없었다. 그날 밤, 정명섭은 잠들기 전에 다시 한 번 문자를 보냈다.

[다른 분들은 이미 로그라인이 정해졌습니다. 최소한 겹치지는 않게 점검을 해야 하지 않을까요? 어떤 종말을 쓰실지는 모르겠지만, 이번에 꼭 참석해주셨으면 합니다.]

답장을 기다리지도 않고 잠든 정명섭은, 새벽 4시에 눈을 떠야만 했다.

[알겠습니다.]

김동식의 문자는 불과 다섯 글자였지만, 정명섭은 잠이 확 깨서 얼른 답장했다.

[아! 감사합니다! 날짜는 30일입니다. 2시까지 망원동 카페 홈즈로 오시면 됩니다. 밖에서 사진만 찍지 마시고 꼭 들어오셔야 합니다.]

김동식의 답장은 더 없었지만, 정명섭은 그가 온다고 판단했다.

다음 날, 단톡방에서 그 소식을 접한 작가들은 모두 놀랐다.

조영주: 김동식 작가님 정말로 오신대요?

신원섭: 본인이 온다고 했으면 올 겁니다.

정명섭: 네. 아마 꼭 오실 것 같습니다.

조영주: 와 드디어.

정명섭: 당부의 말씀을 드리자면, 조금 다른 분이라고 생각하시고 충돌하지 않도록 합시다.

김선민: 충돌할 일이 뭐가 있겠습니까? 특이한 작가분들이 한둘도 아닌데요.

조영주: 저는 오히려 기대되는데요. 떡볶이 좋아하시려나.

신원섭: 뭘 쓸지 되게 궁금하군요.

정명섭은 왠지 모를 불안감을 달래기 위해 다시 한번 톡을 남겼다.

정명섭: 개성이 강한 분이라고 생각하고, 웬만하면 넘어갑시다. '지구 종말 앤솔러지'를 위해서.

◆

로그라인 발표날, 카페 홈즈에 도착한 김동식이 한 말은

"안녕하세요"가 전부였다. 최소한의 인사는 했지만, 그 후로는 구석에서 혼자 가만히 눈을 감고 앉아 있었다. 그 분위기를 뚫고 굳이 말을 걸 만한 작가는 없었다.

전날부터 걱정이 많던 정명섭은 그를 가리키며 작게 말했다.

"그냥 저렇게 있다가 마지막에 발표하게 하고, 질문 같은 건 하지 맙시다."

다른 작가들도 동의한 사이 출판사 편집자의 카메라 세팅이 끝났다.

"작가님~ 지금부터 찍을게요. 동영상을 다 쓰는 게 아니라 몇 컷만 따서 몇 분짜리로 만드는 거니까~ 부담 없이 편하게 말해주시면 돼요~."
"예. 그럼 시작하겠습니다."

긴 책상에 다섯 작가가 마주 앉은 상태로 로그라인 발표가 시작됐다. 정명섭이 먼저 손에 든 프린트물을 읽었다.

"종말 1년 전, 자신의 일가족이 살해된 사건을 수사 중인 형사 나태주가 이상한 점을 느끼고 파고드는 이야기입니다. 종교 단체 환생교는 새로운 행성에 가서 다시 태어난다는 교리를 가지고 있습니다. 무서운 속도로 교세를 확장 중인 환생교를 수사하던 나태주가…."

정명섭의 이야기가 끝나자, 조영주가 발표했다.

"저는 금사빠가 싫은 여자가 등장하고, 종말 전인데 이러기냐! 라고 하는 남자가 등장하고, 도망치는 여자를 남자가 쫓는, 종말 전의 로맨스예요."

신원섭이 뒤이어 발표했다.

"전 혜성 충돌을 피해 우주로 떠밀린 '방주'의 사람들 이야기입니다. 50년째 우주를 떠돌면서 방주라는 협소하고 제한된 생태계에서 무의미한 삶을 소진하는 와중에, 방주에서 태어난 아이들과 기득권의 분쟁이 일어나고, 특수부대 출신 주인공 미리나리니가 최후의 결단을 내리는 이야기입니다."

이어서 김선민도 발표했다.

"저는 혜성이 다가오면서 생겨나는 여러 가지 영향으로, 보이지 않던 귀신들이 보이며 사람들이 공포에 떠는 이야기입니다."

이렇게 네 작가의 발표가 끝난 뒤, 모두의 시선이 김동식에게로 향했다. 누구도 말로 종용하지 못하는 침묵 속에서, 김동식이 팔짱을 풀며 입을 열었다.

"안일해."
"예?"
"안일하다고. 물러터졌어. 이럴 줄 알았지. 그런 자세로 종말을 쓰니까 이런 안일한 글이 나올 수밖에!"
"뭐라고요?"

갑작스러운 비판에 작가들의 표정이 굳었다. 김동식은 정명섭을 보며 말했다.

"종말 1년 전에 신흥 종교 단체가 등장해서 교세를 확장시킬 거라고? 새로운 행성에서 다시 태어날 수 있단 말을 많은 사람들이 믿을 거라고? 정말 종말을 앞두고 그런 일이 벌어질 거라고 생각해? 그게 현실적인 종말의 풍경이야?"

"뭐?"

정명섭이 어이없어하든 말든, 김동식은 조영주에게 말했다.

"로맨스? 로맨스라고 했나? 종말을 소재로 나온 게 로맨스라고? 볼 것도 없이 쓰레기야!"
"뭐예요?"

김동식은 발끈하는 조영주를 무시하며 신원섭을 보았다.

"지구를 떠나는 게 종말인가? 종말이 아닌 우주선 이야기야, 그건!"
"무슨…."

김동식은 김선민에게도 비꼬듯 말했다.

"귀신이라고? 아예 다 구라라고 광고를 하지 그래?"
"구, 구라?"

모두를 분노케 한 김동식은 책상을 치며 벌떡 일어나 외쳤다.

"현실감 있는 진짜 종말을 써야지! 당신들 글은 그냥 소설이야, 소설!"

"뭐? 그럼 작가가 소설을 쓰지, 뭔 소리야?"

"누구도 진짜 종말을 고민하지 않았다고! 세상이 정말로 끝나는 순간을 상상하며 글을 써야지, 그런 소설이 아니라! 당신들 글은 다 쓰레기야!"

"뭐, 저런!"

김동식의 안하무인인 태도를 그 누구도 참지 못했다. 정명섭은 책임감이 더해진 분노로, 김동식 앞에 있던 프린트물을 낚아채며 외쳤다.

"좋습니다! 작가님은 얼마나 대단한 글을 쓰셨는지 한번 봅시다!"

분노로 가득 차 프린트물을 읽어 내려가던 정명섭의 얼굴이 점점 일그러졌다.

"뭐야, 이거?"

"'지구 종말 앤솔러지' 완본 원고다."

"아니 그게 아니라, 이게 뭔 종말이야?"

정명섭은 종이를 넘기면서 점점 더 어이가 없어졌고, 마지막 장은 아예 소리 내 읽으며 분노했다.

"'여보, 이번에 홍보 영상 촬영 때문에 꼭 나가야 한다고 하네. 돈 때문에 이런 짓까지 해야 하는 게 귀찮지만 어쩔 수 없지. 로또나 당첨됐으면 좋으련만. 오는 길에 사야겠다…. 그것이 세상의 마지막이었다.' 이게 끝이야? 이게 '지구 종말 앤솔러지' 원고라고? 이게 다야?"

"그게 다다."

한편으로 김동식의 작품을 은근히 기대했던 정명섭은 더 크게 분노했다.

"그 지랄을 해서 내놓은 게 이거야? 이건 그냥 당신 일기잖아! 그런 주제에, 뭐? 현실적인 종말? 진짜 종말을 고민해봤느냐고? 쓰레기라고? 장난하는 것도 아니고!"

"어디 좀 봐봐요."

작가들은 김동식의 원고를 돌려 보며 황당해했다.

"엄청난 글을 쓸 것처럼 온갖 오버는 다 떨더니, 이게 무슨 지구 종말 앤솔러지야! 종말의 '종' 자도 안 나오고, 완전 일상 앤솔러지잖아, 이건!"

어이없는 시선을 모두 받아내던 김동식은 뻔뻔하고도 당당한 얼굴로 되물었다.

"당신들은 종말이란 걸 진심으로 상상해본 적이 있나?"

"또 뭔 개소리야!"

"진짜 종말은 그렇게 소설 같은 것이 아니야. 그리듯이 만들어지는 게 아니라고. 혜성이 충돌해서 종말이 온다고? 사람들이 대혼란에 빠지고 난리가 난다고? 안일해! 전혀 현실감이 없어!"

"뭐라고?"

"종말은!"

작가들이 반박할 틈도 없이, 김동식은 빠르고 강하게 외쳤다.

"현실감 있는 종말은 그렇게 찾아오는 게 아니야! 인류가 막을 수 없는 종말이 온다면 절대 대중에게 알려지지 않아! 그게 진짜 무서운 거라고! 평범한 일상 속에서 어느 날 갑자기 예고도 없이 찾아오는 것, 그게 진짜 종말이야! 영원히 살 것처럼 일상을 보내던 사람들은 대비도 못 한 채 끝을 맞이하겠지. 평범하게 밥을 먹고, 일을 하고, 사람들을 만나고, 내일 하는 TV 프로그램을 기다리고, 술을 마시고, 연인에게 매달리고, 꿈을 이루기 위해 노력하든지, 매너리즘에 빠져서 어제와 같은 나날을 보내든지, 매일의 일상을 살다가 전혀 예상도 못 하고 맞이하는 게 진짜 현실감 있는 종말이라고! 당신들 글은 가짜야!"

"가, 가짜?"

작가들을 하나하나 돌아본 김동식은 말했다.

"여기 있는 사람들 중 오직 나만이 진짜 종말을 고민했어. 당신들이 하하호호 떡볶이를 퍼먹고 고기를 구워 먹을 때, 나는 숨 쉬는 것 하나조차 마지막이라고 생각하며 지냈어. 한 끼의 밥을 먹는 것도, 나무를 보는 일도, 방바닥에 걸레질을 하는 일조차 이 순간이 마지막일 수 있다고 생각하며 지냈다고! 당신들처럼 그렇게 안일하게 써

내려간 글에서 진짜 종말이 나올 수 있을 것 같아?"

"뭐라고!"

발끈한 작가들 사이, 신원섭이 쏘아붙였다.

"알아차리지도 못하고 부지불식간에 오는 게 종말이라며! 근데 그렇게 24시간 종말을 의식하는 건 모순 아니야?"

"맞네! 모순이네!"

김동식은 잠깐 멈칫했지만, 빠르게 변명했다.

"그렇게 의식했기 때문에 진짜 종말이 어떤 방식으로 다가올지 알 수 있었던 거다! 그러니까 이렇게 현실감 있는 종말을 쓸 수 있는 거지!"

"도대체 뭐가 현실감 있는 종말이라는 거야, 이게!"

김동식의 원고가 테이블 위로 내던져졌다. 당연히 이해하지 못하는 작가들의 모습에, 김동식은 답답해하며 소리쳤다.

"종말은 영화나 소설처럼 그리듯이 찾아오지 않는다고! 지금 이 순간에라도 당장 일어날 수 있는 게 진짜 종말이야! 절대다수의 사람들이 종말 같은 건 생각도 하지 않고, 내게 주어진 이 시간들을 당연한 것이라고 여기며 그저 그렇게 살아가다가 한순간에 끝날 수도 있단 말이다! 당장 이 순간에도, 왜, 어떻게 죽는지도 알지 못하고 갑자기, 한순간에 모든 게 사라

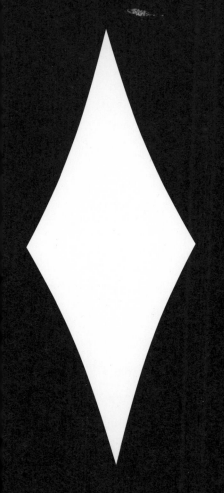

정명섭　　　모두가
　　　　　　　사라질 때

　17세기 유럽의 철학자 스피노자는 내일 세상이 멸망해도 오늘 한 그루의 사과나무를 심겠다는 말을 남겼다. 실제로는 다른 사람이 했다는 얘기도 있지만 어쨌든 철학자스러운 말이라는 사실은 명백하다. 지나치게 낙천적이고 쓸데없이 유유자적하는 듯 보이는 이 얘기의 핵심은 내일 무슨 일이 벌어진다고 해도 오늘 할 일을 하겠다는 것을 의미한다. 인류는 존재하는 내내 종말과 함께했다. 수백만 명의 목숨을 앗아간 흑사병의 창궐과 버튼 하나로 인류의 대부분을 증발시킬 수 있었던 쿠바 미사일 위기가 기억 속에 선명하다. 그리고 1992년도에는 휴거 소동이 벌어졌다. 최근 인기를 끌고 있는 좀비의 등장은 필연적으로 문명의 종말로 결론이 내려지곤 한다. 살아간다는 것은 항상 죽음과의 동행이기 때문에 필연적으로 종말을 생각할 수밖에 없는 것 같다. 버리거나 잊어버릴 수 없는 종말을 이겨내는 것은 결국 사과나무를 심는 것처럼 오늘을 행복하고 의미 있게 보내는 것뿐이다.

「모두가 사라질 때」는 갑작스럽게 닥친 종말 앞에서 삶이 파괴된 주인공의 이야기를 다루고 있다. 갑작스러운 종말의 충격에서 벗어나 몇 달 후면 혜성과의 충돌로 모두 죽어야 할 상황 속에서 사람들은 필사적으로 일상을 유지하고 있다. 하지만 마음속의 두려움과 좌절감은 여러 가지 형태로 표출된다. 주인공 나태주는 험한 욕설과 맥 빠지는 농담으로 자신의 감정을 소모시킨다. 그에게는 종말 소동이 벌어지던 직후에 가족을 잃은 아픔이 있다. 자살로 위장된 살인이라고 생각하지만 어차피 몇 달 후에 모두 죽을 것이기 때문에 수사는 의미가 없다는 말을 듣는다. 그러다가 비슷한 사건과 마주치게 되고 결국 주인공은 자신만의 방식으로 복수에 나서게 된다. 그리고 마지막에 내뱉는 말이 결국 이번 이야기의 핵심이 된다. 누구나 죽게 되지만 복수를 위한 죽음은 따로 존재한다는 믿음을 가지고 행동하고, 결국 파멸적인 결과를 가져온다. 내일 세상이 멸망해도 복수는 나의 몫이라는 것은 매혹적이고 잔혹할 수밖에 없으니까 말이다.

결말의 파격이나 충격적인 묘사는 종말을 맞이하는 나의 사과나무다. 다른 설정이나 주제에서는 결단코 쓸 수 없는 장치들이기 때문에 정성껏, 정말 정성을 들여서 썼다. 이야기 속의 죽음에는 이유가 있어야 하고, 폭력에는 목표가 있어야 한다. 하지만 종말이라는 상황 속에서는 모든 것들이 용납된다. 설정이 주는 파격이 이야기를 끌고 갈 수 있는 윤활유 역할을 한 것이다. 우리 모두는 언젠가 우아하게, 혹은 끔찍하게 종말을 맞이한다. 그때가 되면 우리 안에 내재되어 있던 욕망과 인간성이 드러나면서 수많은 변곡점들을 만들어내게 될 것이라고 믿는다. 「모두가 사라질 때」는 그런 과정을 보여주는 이야기이다. 불편하고 혐오스러웠다면 미안하다는 말을 남긴다. 하지만 이것은 나의 마음에 담겨 있는 종말의 심장이라서 어쩔 수 없다는 변명도 남긴다.

조영주 멸망하는 세계,

망설이는
여자

처음 정명섭 작가가 종말을 주요 소재로 놓고 로맨스로 뼈대를 잡으란 이야기를 했을 때, 나는 실소했다. 로맨스에서 한없이 거리가 먼 삶을 살고 있는 내가 무슨 로맨스란 말인가?

이 소설을 쓰기 시작했을 무렵, 나는 카페 홈즈에서 바리스타로 일하고 있었다. 카페 홈즈, 도서관, 동네 책방 그리고 남양주의 우리 집이 평소 동선의 전부였다. 그런 내게 로맨스라니, 아무리 생각해도 한참 잘못된 원고 청탁 같았다. 그러던 중 한 권의 책을 접하면서 어떻게든 로맨스를 시작할 수 있게 되었다. 그 책의 제목은 『반려견과 산책하는 소소한 행복일기』.

나는 이 책이 나오기 전부터 최하나 작가의 소식, 정확히는 개 동구의 소식을 SNS로 지켜봤다. 나도 개와 함께 산다. 우리 집에 사는 개 이름은 외자 몽, 별명은 개몽돌 씨로 동구와 꼭 닮은 갈색 토이푸들이다. 그런 토이푸들 의 이야기가 책으로 나온다니 놓칠 수 없었다. 책이 나오 자마자 망원동 동네 책방 '그렇게 책이 된다'에서 구입한 후 바로 읽기 시작했다. 망원동 카페 홈즈까지 출퇴근을 하려면 경춘선을 타야 하기에 통근 시간 독서를 위한 책 한 권은 필수였다. 이렇게 읽어치운 책 중에는 요다 출판 사에서 출간한 문화류씨나 김동식의 책도 있다.

이날 아침도 나는 동구의 이야기를 듣고 경춘선에 올 라탔다. 가방을 좌석 위 짐 선반에 올린 후 책에 몰입했 다. 나와 같은 개를 키우는 작가의 사연에 푹 빠져 헤실헤 실 웃다가 경춘선의 종착역인 상봉역에 도착했다. 한껏 마음이 푸근해져서 책과 핸드폰만 확인하고 사람들에 밀 려 내렸다가 한참 지나 깨달았다. 아, 책을 읽다가 가방을 두고 내렸구나. 뒤늦게 허둥거리며 역무실로 달려가 사 정을 말하고 가방을 찾는 소동을 겪은 후, 나도 모르게 이 렇게 소리 지르고 말았다.

"홍동구, 내가 가방을 놓고 내리게 한 건 네가 처음이야!"

어디서 많이 본 장면이지 않은가. 그래, 이 소설 속 홍 동구와 윤해환의 에피소드다. 로맨스가 없는 일상을 보내던 나는 개 홍동구와 있었던 에피소드로 이 소설을 시작했던 것이다.

종말하는 세계에서도 사랑하는 사람은 어떻게든 만나고야 만다. 하지만 만남이 일어나도 정말 사랑을 할 수 있는가는 남녀 당사자의 문제일 것이다. 나는 이런 상황에서도 결코 밀당을 멈추지 않는 현실적인 이야기를 소설로 적어보고 싶었다.

그렇게 이 단편 「멸망하는 세계, 망설이는 여자」 줄여서 「멸세망녀」가 탄생하였다.

신원섭　　방주의
**　　　　　아이들**

「방주의 아이들」이 어떻게 탄생하였는가를 말하기에 앞서, 이 작품은 SF가 아님을 먼저 밝히고 싶습니다. 물론 SF의 세계는 굉장히 방대하기 때문에 이 작품을 SF로 받아들이는 분도 계실 것입니다.

한편으로 근본주의 성향의 장르 탈레반들은 '이런 것은 SF가 아니'라며 노발대발하시겠지요. 어느 쪽이든 저는 상관없습니다만, 적어도 제가 이 소설을 쓰던 시점에서 SF를 염두에 두었던 것은 아닙니다. 저는 그저 화끈한 액션 활극을 쓰고 싶었거든요.

모험, 액션, 활극. 그것은 제가 데뷔 전부터 품고 있던 꿈이랍니다. 애초에 저는 에도가와 란포의 『외딴섬 악마』를 읽고 감명을 받아 소설을 쓰기 시작한 사람인걸요.

조지프 러디어드 키플링의 『용감한 선장들』, 에드거 라이스 버로스의 『화성의 공주』, 헨리 라이더 해거드의 『솔로몬왕의 보물』, 로저 젤라즈니의 『그림자 잭』, 앨프리드 베스터의 『타이거! 타이거!』 등.

이제 제 취향이 좀 보이시나요? 저는 미지의 세계에서 고난과 역경을 극복하는 이야기를 좋아합니다. 약간의 B급 정서와 훌륭한 액션이 가미되면 더할 나위 없지요. 그렇게 장대한 모험을 간접 체험할 수 있다는 건 참으로 가슴 뛰는 경험인 것 같아요.

그래서 이번 소설에는 제가 좋아하는 요소들을 조금씩 넣고 섞어보았어요. 액션 활극에 종말을 넣고 비비니까 「방주의 아이들」이 되었네요. 요즘 꽂힌 '기계인간' 키워드도 좀 뿌리고요. 누구나 즐길 수 있도록 19금의 매운맛은 덜어내고 SF맛 MSG를 첨가했습니다.

제 입맛에는 간이 잘 맞는 것 같아요. 물론 저는 스릴러나 하드보일드를 가장 많이 읽고, 또 가장 좋아합니다만. 가끔은 이렇게 은밀한 취향을 듬뿍 담아 뭔가를 만들어보는 것도 재미있습니다.

기존에 제 작품을 읽어보신 분들이라면 저를 스릴러 작가로 알고 계시겠지요. 이번 기회에 「방주의 아이들」을 통해 '이 작가는 이런 것도 쓰는구나' 하고 기억해주시면 감사하겠습니다. 여유가 되신다면 제 전작인 장편 스릴러 『짐승』도 한번 읽어주시면 좋고요. 태교에 좋은 소설이랍니다.

아울러 전국에 계신 이공계 전공자 여러분. 아시다시피 「방주의 아이들」이 과학적으로 엄밀한 소설은 아닙니다. 누차 언급했듯이 저 자신은 이 소설이 SF라고 주장하지 않으니까요. 그 점은 너그러운 양해 부탁드리겠습니다.

저 또한 이공계 출신 현직 엔지니어로서 나름 고민했습니다만, 설정이나 고증은 가독성을 해치지 않는 선에서 타협하기로 했습니다. 그 대신 최대한 주인공의 동선을 따라가게 하는 데 집중했습니다.

어떤 분들은 「방주의 아이들」의 주인공을 보면서 기시로 유키토의 『총몽』을 떠올릴지도 모르겠네요. 저도 그 작품을 참 재미있게 읽었답니다. 아무쪼록 재미있는 독서가 되셨기를 바랍니다. 다음에는 보다 밝고 쾌적한 작품으로 찾아뵙겠습니다.

마지막으로 마약쟁이 조력자 캐릭터에 흔쾌히 이름을 빌려주신 일러스트레이터 문준수 님, 주인공에게 이름을 빌려주신 미리나리니 샤르마 님께 깊이 감사드립니다. 미리나리니 샤르마 님은 현재 발리우드 여배우이자 모델로 활약하고 계십니다. 개인적으로 전혀 모르는 사이고요, '위키피디아'에서 검색했습니다.

언제나 고객님의 즐거운 독서를 위해 양질의 서비스를 제공하는 신원섭이었습니다. 감사합니다.

김선민   푸른 밤

운이 좋게 요다 출판사에서 진행한 '지구 종말 앤솔러지'
에 참여해 작품을 선보일 수 있게 되었습니다. 지면을 빌
어 저를 믿고 출판사 측에 소개해주신 정명섭 작가님과
꼼꼼하게 원고를 봐주신 정안나 팀장님께 감사의 말씀을
전하고 싶습니다.

'지구 종말 앤솔러지'는 지구가 멸망하기 직전 일어난
사건들을 여러 장르로 풀어낸 기획 앤솔러지였습니다.
처음 기획을 들었을 때 무척 재밌겠다는 생각이 가장 먼
저 들었습니다. 저는 장르 중에서 호러 파트를 맡아 「푸
른 밤」이라는 작품을 집필했습니다.

「푸른 밤」의 아이디어는 '지구 종말 앤솔러지'의 참여
작가들이 SNS 단체 대화방에서 다양한 의견을 나눌 때

조영주 작가님께서 주신 한마디에서 얻었습니다.

한창 앤솔러지를 준비할 때 제가 결혼을 앞두고 있어서 신혼여행에 관한 얘기를 작가님들과 나누다가 조영주 작가님께서 성시경의 〈제주도의 푸른 밤〉이 담긴 유튜브 링크와 '제주도 푸른밤 신혼여행 좀비 대종말'이라는 말씀을 남겨주셨습니다.

그때 한창 어떤 내용을 써야 할까 고민하던 중 작가님이 올려주신 내용을 보고 퍼뜩 아이디어가 떠올랐습니다. 제주도에 신혼여행을 갔는데 바이러스 때문에 사람들이 악마를 보게 되는 끔찍한 내용이 떠올랐습니다. 가장 행복해야 할 시간인 신혼여행이 삽시간에 공포의 시간으로 바뀌는 변화가 절박하면서도 흥미로울 것 같다는 생각이 들었습니다. 특히 제주도라는 공간이 주는 감성적인 느낌이 무척이나 마음에 들었습니다. 방향성이 잡히니 집필 작업은 수월했습니다.

다만 본문을 쓰는 과정에서 초기 설정이 많이 바뀌었습니다. 행복한 신혼부부를 주인공과 거래처 직원의 불륜 관계로 바꾸었고, 악마를 원한이 사무친 망자들로 대체했습니다. 서양식 악마보다는 원한이 깊은 망자들이 훨씬 격정적으로 다가올 것 같다는 생각이 들었습니다.

바이러스를 처음 옮기는 '양 씨'는 김동식 작가님의 단편 「일주일 만에 사랑할 순 없다」에 나오는 인물을 가지고 만들었습니다. 종말이라는 주제를 통해 다양한 차원의 지구가 함께 멸망을 맞이하는 내용이 나오는 멀티유니버스의 설정이 들어가면 더 재밌을 것 같다는 생각이 들었습니다.

또한 제주도에서 제주공항으로 공간을 한정 지어서 망자들이 달려드는 공포심을 극대화하려고 했습니다. 제주도의 푸른 밤이라는 감성적인 분위기가 원한이 가득 찬 망자들로 변화는 과정이 흥미로울 것 같았습니다. 무엇보다 이 소설의 분위기를 크게 잡아준 것은 제주도라는 공간이라고 생각합니다. 멋진 아이디어를 주신 조영주 작가님께도 감사의 말씀을 전합니다.

「푸른 밤」을 쓰면서 호러 파트기는 하지만 나름 감성적인 로맨스가 담겨 있다고 생각하며 주인공인 상훈과 내연녀인 수진의 관계를 열심히 고민했습니다. 두 사람은 분명 처음에는 서로를 아끼고 사랑하는 사이였을 겁니다. 하지만 언제나 그렇듯 잘못된 관계는 파국의 씨앗입니다. 왜곡된 애정 관계가 틀어지면서 로맨스가 순식간에 호러가 될 수 있다는 점이 이 소설의 재미 포인트라고 생각합니다.

'지구 종말 앤솔러지'를 통해 멋진 작가님들과 함께 즐거운 작업을 할 수 있어서 저에게도 큰 경험이 되었습니다. 다른 작품으로 또 인사드리기를 바라며 후기를 마칩니다.

감사합니다.

앤솔러지에 참여하다 보면 자연스럽게 많은 작가님을 만나게 됩니다. 그분들과 만날 때 늘 느껴지는 게 있습니다.

'나는 좀 이방인이구나!'

그런 감정은 이분들이 모두 책 덕후라는 사실을 깨닫게 될 때 가장 크게 느낍니다. 작가님들이 눈을 초롱초롱 빛내며 좋아하는 책, 작가의 이야기를 할 때면 저는 굉장히 어색해집니다. 무슨 무슨 전집을 모으는 게 꿈이라는 마음을 과연 내가 평생 이해나 할 수 있을까?

'역시 저런 분들이 작가구나!'라는 생각에서 이런 단편이 시작된 것 같습니다. 작가의 피가 없는 김동식이라는 인물이, 지금보다 더 어색해한다면 어떨까? 그걸 넘어서 아예 또라이라면? 하하하.

작가님들의 실명을 쓰는 게 부담스러웠는데, 흔쾌히 허락해주셔서 감사합니다! 억지 비판을 참아주신 것도요.

(물론, 제가 현실에서는 절대 저렇지 않습니다! 관계도 좋아요. 오해하지 마세요!)

기획의 말

나는 앤솔러지를 사랑한다. 준비 과정이 번거롭고 많은 수익을 기대하기 어렵다는 약점이 있지만 그것을 상쇄하고도 남을 장점들이 있기 때문이다. 수많은 꽃 같은 이야기들을 만날 수 있고, 그 꽃의 주인인 작가들의 역량을 측정할 수 있다는 점에서 그렇다. '종말'이라는 단어가 머리에 떠올랐을 때 느꼈던 감정은 설렘이었다. 감이 있는 출판사라면 좋아할 만한 주제라는 생각이 들었기 때문이고, 실제로도 그랬다. 사실 인류가 종말을 맞이하게 되면서 다양한 상황에 처한다는 설정을 가진 소설책들은 존재했다. 하지만 먼저 나온 소설책들은 모두 한 명의 저자가 쓴 것이라서 종말이라는 극적인 상황에 처한 다양한 시선을 담기에는 부족했다. 굳이 종말을 앤솔러지로 만

들어볼 생각을 하게 된 것도 다양한 작가들이 각자의 시선에서 본 종말을 그려보기를 바랐던 것이다. 그리고 그 의도에 맞는 작가들을 섭외했고, 기대했던 수준의 단편들이 나왔다. 그것은 종말이 주는 무거움을 작가들이 잘 버텨냈으며, 새로운 도전을 즐겁게 받아들였다는 것을 의미한다.

사실 앤솔러지는 기획자 입장에서는 굉장히 예민하고 섬세한 작업이다. 출판사를 선정한 이후에는 작가들을 찾아야 하고, 그들의 견해를 존중하면서도 앤솔러지가 가져야 하는 정체성을 지켜야 하기 때문이다. 그래서 출판사와 작가들 사이에 문제가 생길 경우 진짜로 박쥐처럼 이리 붙었다 저리 붙었다 하면서 샌드위치 신세가 되어야만 한다. 하지만 이번 앤솔러지는 문제 같지 않은 사소한 문제를 제외하고는 큰 탈 없이 넘어갔다. 내심 종말이라는 주제가 너무 좋아서 다들 불만이 있어도 꾹 참고 열심히 해줬기 때문이라고 믿고 있다.

작가는 독자들에게 늘 새로운 것을 보여줘야 한다고 생각한다. 앤솔러지는 그런 새로움을 잘 드러낼 수 있는 구조이고, 혁신적인 실험을 할 수 있는 무대가 될 수 있다. 특히 종말이라는 파격적인 소재를 소화하기에는 더할 나위 없는 장치이기도 하다. 앞으로도 많은 앤솔러지를 기획하면서 다양한 작가들을 만나게 될 것이다. 그리고 그 작가들이 쓴 꽃 같은 글은 독자들에게 여러 가지 즐거움을 줄 것이라고 믿는다. 그렇게 뿌려진 꽃들이 또 다른 글이 되고 무럭무럭 자라서 작가와 독자 들을 지켜주는 든든한 버팀목이 되어줄 것이다.

2019년 10월

정명섭

모두가 사라질 때

©정명섭, 조영주, 신원섭, 김선민, 김동식

2019년 10월 20일 1판 1쇄 인쇄
2019년 10월 30일 1판 1쇄 발행

지은이	정명섭, 조영주, 신원섭, 김선민, 김동식
펴낸이	한기호
기획	정명섭
책임편집	정안나
편집	도은숙, 유태선, 김미향, 염경원, 박소진
디자인	스튜디오 프랙탈
경영지원	국순근

펴낸곳	요다
출판등록	2017년 9월 5일 제2017-000238호
주소	04029 서울시 마포구 동교로 12안길 14 삼성빌딩 A동 2층
전화	02-336-5675
팩스	02-337-5347
이메일	kpm@kpm21.co.kr

ISBN	979-11-89099-31-2 03810

· 요다는 한국출판마케팅연구소의 임프린트입니다.
· 잘못된 책은 구입처에서 교환해드립니다.
· 책값은 뒤표지에 있습니다.
· 이 도서의 국립중앙도서관 출판예정도서목록(CIP)은
서지정보유통지원시스템 홈페이지(http://seoji.nl.go.kr)와
국가자료공동목록시스템(http://www.nl.go.kr/kolisnet)에서
이용하실 수 있습니다. (CIP제어번호: CIP2019040979)